충분하다

Tutaj / Wystarczy
Wisława Szymborska

충분하다

Tutaj
Myśli nawiedzające mnie na ruchliwych ulicach
Pomysł
Kilkunastoletnia
Trudne życie z pamięcią
Mikrokosmos
Otwornice
Przed podróżą
Rozwód
Zamachowcy
Przykład
Identyfikacja
Nieczytanie
Portret z pamięci
Sny
W dyliżansie
Ella w niebie
Vermeer
Metafizyka
Ktoś, kogo obserwuję od pewnego czasu
Wyznania maszyny czytającej
Są tacy, którzy
Łańcuchy
Na lotnisku
Przymus
Każdemu kiedyś
Dłoń
Lustro
W uśpieniu
Wzajemność
Do własnego wiersza
Mapa

비스와바 쉼보르스카
최성은 옮김

문학과지성사
2016

충분하다

비스와바 쉼보르스카 유고 시집

제1판 제1쇄 2016년 2월 25일
제1판 제9쇄 2024년 6월 13일

지은이 비스와바 쉼보르스카
옮긴이 최성은
펴낸이 이광호
펴낸곳 ㈜문학과지성사
등록번호 제1993-000098호
주소 04034 서울 마포구 잔다리로7길 18(서교동 377-20)
전화 02) 338-7224
팩스 02) 323-4180(편집) 02) 338-7221(영업)
전자우편 moonji@moonji.com
홈페이지 www.moonji.com

ISBN 978-89-320-2842-2

이 도서의 국립중앙도서관 출판예정도서목록(CIP)은 서지정보유통지원시스템 홈페이지(http://seoji.nl.go.kr)와 국가자료공동목록시스템(http://www.nl.go.kr/kolisnet)에서 이용하실 수 있습니다. (CIP제어번호: CIP2016003352)

차례

여기
Tutaj

충분하다
Wystarczy

일러두기

1. 이 책은 Wisława Szymborska의 *Tutaj*(Kraków: Znak, 2009)와 *Wystarczy* (Kraków: a5, 2012)를 우리말로 옮긴 것이다.
2. 주석은 모두 옮긴이의 것이다.

여기
Tutaj

여기
Tutaj

다른 곳은 어떤지 잘 모르겠어,
하지만 여기 지구에서는 모든 것이 꽤나 풍요로워.
여기서 사람들은 의자와 슬픔을 제조하지,
가위, 바이올린, 자상함, 트랜지스터,
댐, 농담, 찻잔 들을.

어쩌면 다른 곳에서는 모든 게 더욱 풍족할 수도 있어,
단지 어떤 사연에 의해 그림이 부족하고,
브라운관과 피에로기,[1] 눈물을 닦는 손수건이 모자랄 뿐.

여기에는 셀 수 없이 많은 장소와 그 주변 지역들이 있어.
그중 어떤 곳은 네가 특별히 좋아해서
거기에 고유한 이름을 붙이고,
위해(危害)로부터 그곳을 지켜내고 있는지도 몰라.

어쩌면 다른 곳에도 여기와 비슷한 장소가 있지 않을까,
단지 거기서는 아무도 그곳을 아름답다고 여기지 않을 뿐.

어쩌면 다른 어느 곳과도 달리, 혹은 거의 대부분의 여느 곳과는 달리
여기서는 네게 자신만의 토르소가 허용되었는지도 몰라,
필요한 부속품들을 장착한 채로,
네 아이들을 다른 아이들 무리에 포함시킬 수 있게 말이야.
팔과 다리, 경탄을 금치 못하는 머리는 말할 것도 없고.

여기서 무지(無知)는 과로로 뻗어버렸어,
끊임없이 뭔가를 계산하고, 비교하고, 측정하면서
결론과 근본적 원리를 추출해내느라.

그래, 알고 있어, 네가 무슨 생각을 하는지.

여기서 지속적인 건 아무것도 없어,
태곳적부터 지금까지 원소들의 지배 아래 있었으니까.
하지만 잘 생각해봐— 원소들은 쉽게 지치거든,
그리고 다시 시동을 걸 때까지
가끔은 한참 동안 쉬어줘야 해.

그래, 알고 있어, 네가 또 무슨 생각을 하는지.
전쟁, 전쟁, 전쟁.
하지만 그사이에는 늘 휴지기(休止期)가 있게 마련이지.
주목! —사람들은 악해.
쉬어! —사람들은 선해.
주목하는 동안 황무지가 만들어지고,
쉬는 동안 피땀 흘려 집들이 지어져,
그리고 사람들은 그곳에 재빨리 정착하지.

이 땅 위에서의 삶은 꽤나 저렴해. 14
예를 들어 넌 꿈을 꾸는 데 한 푼도 지불하지 않지.
환상의 경우는 잃고 난 뒤에야 비로소 대가를 치르고.
육신을 소유하는 건 육신의 노화로 갚아나가고 있어.

그것만으로는 아직도 부족한지
너는 표 값도 지불하지 않고, 행성의 회전목마를 탄 채 빙글빙글 돌고 있어,
그리고 회전목마와 더불어 은하계의 눈보라에 무임승차를 해,
그렇게 정신없이 시간이 흐르는 동안
여기 지구에서는 그 무엇도 작은 흔들림조차 허용되지 않아.

가까이 와서 이것 좀 보라고.
탁자는 본래 있던 그 자리에 정확히 서 있어,

책상 위에는 본래 있던 그대로 종이가 놓여 있고,
반쯤 열린 창으로 한 줌의 공기가 스며들어오지,
벽에 무시무시한 틈바구니 따위는 없어,
혹시 널 어디론가 날려버릴지도 모를 틈바구니 따위는 말이야.

1 pierogi: 만두와 비슷한 폴란드의 전통 음식.

부산한 거리에서 나를 엄습한 생각

Myśli nawiedzające mnie na ruchliwych ulicach

얼굴들.
세상의 표면을 뒤덮고 있는 수억만 개의 얼굴들.
아마도 제각기 천차만별이겠지,
이미 존재했던 것들, 그리고 앞으로 존재할 것들도.
하지만 자연은—자연을 제대로 이해하는 사람이 누가 있으랴만—
끊임없는 노역에 지친 나머지
해묵은 자신의 아이디어를 재활용해서
과거에 이미 사용했던 얼굴들을
우리에게 다시 덮어씌웠을지도 모른다.

청바지를 입은 아르키메데스[1]가 당신 옆을 지나가고,
예카테리나 여제[2]가 싸구려 헌옷을 입고 다니고,
파라오 가운데 누군가는 서류 가방을 든 채, 안경을 끼고 있을지도 모른다.

맨발의 구두장이가 죽고 남겨진 미망인은
여전히 소도시에 불과한 바르샤바 태생이고
알타미라 동굴 벽화[3]를 그린 거장은
손주들과 함께 동물원을 구경 중,
털북숭이 반달 족[4]은
예술 작품에 심취하기 위해 박물관으로 향하고 있다.

200세기 전에 세상을 떠난 사람들,
5세기 전에
반세기 전에 전사(戰死)한 사람들.

누군가는 황금 마차에 태워져 이곳에 왔고,
누군가는 대학살을 위한 수송 차량에 실려 여기에 왔다.

몬테수마,[5] 공자, 네부카드네자르[6]
그들의 유모들과 세탁부들, 그리고 세미라미스,[7]
이들 중 유일하게 영어를 구사할 수 있는 여인.

세상의 표면을 뒤덮고 있는 수억만 개의 얼굴들.
나의 얼굴, 당신의 얼굴, 그리고 누군가,
당신이 결코 알 수 없을 어떤 인물의 얼굴.
어쩌면 자연은 우리에게 속임수를 쓸 수밖에 없는지도 모른다.
모든 걸 유지하기 위해, 요구에 부응하기 위해,
자연은 낚시질을 시작한다,
망각의 거울 속에 가라앉아 있는 것들을 건져 올리기 위해.

1 Archimedes(기원전 287년경~기원전 212): 고대 그리스의 수학자이자 물리학자. '아르키메데스의 원리'로 유명하다.

2 Ekaterina(1729~1796): 제정 러시아의 여제로 프로이센 슈테틴 출신의 독일인이었다. 무능한 남편 표트르 3세를 대신해 섭정을 하다 1762년 표트르 3세를 축출하고 차르가 되었다.

3 스페인 북부 칸타브리아 지방에 있는, 길이 약 270미터의 불규칙한 동굴로 구석기시대 후기 유적.

4 Vandal: 게르만의 한 부족. 429~534년 북아프리카에 왕국을 세웠고, 455년에는 로마를 약탈했다. 문화·예술을 파괴하려는 경향을 뜻하는 반달리즘은 반달족에서 유래되었다.

5 Montezuma(1486~1520): 고대 멕시코 아즈텍족 최후의 황제.

6 Nebuchadnezzar(기원전 605~기원전 562년경): 신바빌로니아 제국의 2대 왕.

7 Semiramis: 아시리아의 전설상의 여왕. 반인반수(半人半獸)의 여신 데르게토의 딸로, 싸움과 사랑의 여신으로 일컬어진다.

아이디어

Pomysł

아이디어 하나가 내게 떠올랐다,
시구(詩句)를 위한? 아니면 시(詩)를 위한?
그래 좋아—내가 말한다—잠깐, 우리 얘기 좀 하자.
너에 관해 좀더 많은 걸 말해줘.
　　그러자 내 귀에 대고 몇 마디를 속삭인다.
내가 말한다—아, 그런 얘기였군. 흥미로운걸.
실은 오래전부터 이 문제가 마음에 걸렸어.
하지만 이에 관해 시를 쓰라고? 안 돼, 절대로.
　　그러자 내 귀에 대고 몇 마디를 속삭인다.
내가 대답한다—단지 네 눈에 그렇게 보일 뿐이야.
나의 재능과 능력을 과대평가하는군.
난 어디서부터 시작해야 할지조차 모르겠다니까.
　　그러자 내 귀에 대고 몇 마디를 속삭인다.
내가 말한다—네가 틀렸어, 간결하고 함축적인 시를 쓰는 건

긴 시를 쓰는 것보다 훨씬 더 힘든 일이라고.

날 그만 좀 괴롭혀, 강요하지 말라고, 그래봤자 소용없다니까.

그러자 내 귀에 대고 몇 마디를 속삭인다.

알았어, 해볼게, 네가 그렇게 고십을 피우니 말이야.

하지만 분명히 경고하는데, 어떤 결과가 나올지는 장담할 수 없어.

나는 쓰고, 찢어버리고, 휴지통에 버린다.

그러자 내 귀에 대고 몇 마디를 속삭인다.

내가 말한다 — 그래, 네 말이 맞아. 다른 시인들도 얼마든지 있다고.

어떤 이들은 나보다 훨씬 뛰어나다니까.

그들의 이름과 주소를 네게 줄게.

그러자 내 귀에 대고 몇 마디를 속삭인다.

그래, 당연하지, 나는 그들을 부러워하게 될 거야.

우리는 졸작을 놓고도 서로 질투하니까.

하지만 이 경우는 말이야, 반드시…… 이러이러한 점을 갖고 있어야 할 듯……

그러자 내 귀에 대고 몇 마디를 속삭인다.

그래, 바로 그거, 네가 꼽은 그런 자질 말이야.

자, 그러니 이제 주제를 바꾸는 게 좋겠어.

커피 한잔할래?

그러자 한숨을 내쉬었다.

그리고 서서히 자취를 감추었다.

그리고 사라졌다.

십대 소녀

Kilkunastoletnia

십대 소녀인 나?
그 애가 갑자기, 여기, 지금, 내 앞에 나타난다면,
친한 벗을 대하듯 반갑게 맞이할 수 있을까?
나한테는 분명 낯설고, 먼 존재일 텐데.

태어난 날이 서로 같다는
지극히 단순한 이유만으로
눈물을 흘려가며, 그 애의 이마에 입맞춤할 수 있을까?

우리 사이엔 다른 점이 너무나 많다,
단지 두개골과 안와(眼窩),
그리고 뼈들만 동일할 뿐.

그 애의 눈은 아마도 좀더 클 테고,
속눈썹은 더욱 길 테고, 키도 좀더 크겠지,

육체는 잡티 하나 없는 매끄러운 피부로
견고하게 싸여 있겠지.

친척들과 지인들이 우리를 연결해주는 건 분명하지만,
그 애의 세상에서는 거의 모두들 살아 있겠지,
내가 사는 곳에서는
함께 지내온 무리 가운데
살아남은 사람이 거의 없는데.

우린 이토록 서로 다른 존재,
완전히 다른 생각을 하고, 다른 말을 한다.
무슨 일이 벌어질지 그 애는 아무것도 모른다 —
대신 뭔가 더 가치 있는 걸 알고 있는 양 당당하게 군다.
나는 훨씬 많은 걸 알고 있다,
그래서 아무것도 함부로 확신하지 못한다.

그 애가 내게 시를 보여준다,
이미 오랜 세월 내가 사용하지 않던
꽤나 정성스럽고, 또렷한 글씨체로 쓰인 시를.

나는 그 시들을 읽고, 또 읽는다.
흠, 이 작품은 제법인걸,
조금만 압축하고,
몇 군데만 손보면 되겠네.
나머지는 쓸 만한 게 하나도 없다.

우리의 대화가 자꾸만 끊긴다.
그 애의 초라한 손목시계 위에서
시간은 여전히 싸구려인 데다 불안정하다.
내 시간은 훨씬 값비싸고, 정확한 데 반해.

작별의 인사도 없는 짧은 미소,
아무런 감흥도 없다.

그러다 마침내 그 애가 사라지던 순간,
서두르다 그만 목도리를 두고 갔다.

천연 모직에다
줄무늬 패턴,
그 애를 위해
우리 엄마가 코바늘로 뜬 목도리.

그걸 나는 아직도 간직하고 있다.

기억과 공존하기엔 힘겨운 삶

Trudne życie z pamięcią

내 기억에게 나는 쓸모없는 청중이다.
기억은 내게 끊임없이 자신의 목소리에 귀 기울이길 바라지만,
나는 잠시도 가만있질 못하고, 헛기침을 하고,
들다가 안 들다가,
밖으로 나갔다가, 돌아왔다가, 다시 밖으로 나간다.

그는 내 모든 시간과 관심을 독점하길 원한다.
내가 잠들어 있을 땐, 별 문제가 없다.
하지만 일과 중에는 변수가 생기게 마련, 그래서 속상해한다.

오래된 편지와 사진들을 내 앞에 안타까이 내밀면서
중요한, 혹은 그렇지 않은 일련의 사건들을 상기시킨다,
내 고인(故人)들로 우글거리는,

내가 미처 못 보고 지나친 광경들에 시선을 돌리게 만든다.

기억의 이야기 속에서 나는 늘 현재보다 젊다.
기쁘긴 하지만, 왜 항상 그 타령이 그 타령인지.
모든 거울들은 내게 매번 다른 소식을 전해주는데.

내가 어깨를 으쓱거리면 화를 내면서
불쑥 끄집어낸다, 내가 저지른 모든 해묵은 실수들,
심각하지만, 훗날 가볍게 잊혀버린 실수들을.
내 눈을 빤히 쳐다보면서, 내 반응을 주시한다.
하지만 결국엔 이보다 더 나빴을 수도 있다며, 나를 위로한다.

내가 오로지 기억을 위해, 기억만 품고서 살기를 바란다.
어둡고, 밀폐된 공간이라면 더욱 이상적이다.

하지만 내 계획 속에는 여전히 오늘의 태양이,
이 순간의 구름들이, 현재의 길들이 자리 잡고 있다.

때로는 기억이 들러붙어 있는 것에 진저리가 난다.
나는 결별을 제안한다. 지금부터 영원히.
그러면 기억은 애처롭다는 듯 미소를 짓는다,
그건 바로 나의 마지막을 뜻한다는 걸 알고 있기에.

마이크로코스모스

Mikrokosmos

그들이 처음으로 현미경을 들여다보기 시작했을 때,
두려움이 엄습했고, 그 기운은 아직도 생생하다.
그때까지도 삶은 충분히 분주하고, 흥미진진했다,
자신에게 주어진 알맞은 규모와 형태 안에서.
그렇기에 작은 치수의 생명체들도 창조된 것이다,
갖가지 벌레들, 곤충들,
최소한 인간의 육안으로
볼 수 있는 미물(微物)들이.

그런데 여기 갑자기, 유리 렌즈 밑에서
허풍스러우리만치 낯설고,
거의 눈에 띄지도 않을 만큼 미약해서
그들이 차지하고 있는 면적을 가리켜
백번 양보해도 '작은 점'이라고밖에 부를 수 없는
뭔가가 모습을 드러냈다.

심지어 유리 렌즈조차 건드리지 못한다.
그 밑에서 아무런 제약도 없이 두 배, 세 배로 늘어난다.
닥치는 대로, 완전히 자유롭게.

너무 많다고 말하는 건, 충분한 표현이 아니다.
현미경의 성능이 강력할수록,
더욱 정확하게, 극성스럽게 증식된다.

필요한 내장 기관도 갖고 있지 않다.
성별이 무엇인지, 어린 시절과 노년기가 무엇인지도 모른다.
심지어 자신들이 존재하는지, 그렇지 않은지조차 알지 못한다.
하지만 우리의 삶과 죽음을 결정하는 건 그들이다.

일부는 일시적인 정지 상태를 유지하고 있다,
그들에게 일시적이란 게 과연 어떤 의미인지 알 순 없지만.
너무도 작고 미약한 나머지
어쩌면 그들에게 지속이란
적절히 분쇄되는 것일지도 모른다.

바람에 실려 온 먼지 조각은 그들 앞에선
깊은 우주 공간에서 날아온 별똥별,
손가락의 지문은 광활한 미로,
그곳에서 그들은 집결한다,
자신들만의 무언(無言)의 퍼레이드와
눈먼 일리아드, 그리고 우파니샤드를 위해.

꽤 오래전부터 그들에 관해 쓰고 싶었지만,

워낙 복잡한 주제라
계속 훗날로 미뤄왔다,
어쩌면 나보다 더 뛰어나고,
세상에 관해 더 많이 경탄할 줄 아는 시인에게 적합한지도 모르겠다.
하지만 시간이 절박하다. 그래서 쓴다.

유공충(有孔蟲)[1]
Otwornice

자, 그러면 이 유공충을 예로 들어보자.
이곳에서 살았다, 왜냐하면 존재했으니까, 그리고 존재했다, 왜냐하면 살았으니까.
그럴 수 있었다, 왜냐하면 할 수 있었으니까, 그럴 만한 능력이 있었으니까.
복수형(複數形)으로, 왜냐하면 여럿이었으니까.
비록 각각은 개별적이었지만,
나름대로는, 왜냐하면 나름대로의
작은 석회암 껍질 속에 들어앉아 있었으니까.
겹겹이니까, 왜냐하면 겹겹의 지층 속에서
훗날 시간이 그들을 간략히 요약해버렸으니까,
세부 항목은 조금도 고려하지 않은 채,
왜냐하면 세부 항목 속에는 연민이 포함되어 있으니까.
그리고 지금 내 앞에는
두 개의 풍경이 하나로 결합되어 있다.

영원한 안식을 위한

암울한 공동묘지,

혹은

청명한 쪽빛 바다,

그 바다에서 솟아오른, 눈부시게 새하얀 절벽,

바로 여기 현존하는 절벽, 왜냐하면 지금 이곳에 있으니까.

1 유공충목의 동물. 석회질 껍데기에 난 작은 구멍으로 실 모양의 위족을 내밀어 먹이를 잡아먹는다. 단세포동물로는 큰 편이어서 맨눈으로도 볼 수 있다. 고생대 말기와 신생대 특정 시기에 폭발적으로 늘었다가 짧은 시간에 멸종되었다. 유공충의 화석인 화폐석은 이 시대의 표준화석으로 인정 받는다.

여행 전날 밤

Przed podróżą

사람들은 여행에 대해 이렇게 말한다, 공간이라고. 36
한 단어로 정의 내리는 건 쉬운 일이다,
여러 단어를 사용하는 게 어려울 뿐.

모든 것으로 가득 차 있지만 동시에 비어 있다고?
아무것도 거기서 빠져나올 수 없기에
활짝 열려 있지만 단단히 잠겨 있다고?
모든 한계를 뛰어넘어 드넓게 확장되어 있다고?
만약 한계가 있다면,
빌어먹을, 도대체 무엇과 경계를 접하고 있는지 알 수가 없으니.

그래, 됐어, 됐다고. 이제 잠을 좀 자야지.
지금은 한밤중, 내일은 긴급한 사안들을 처리해야 하니까,
네 한도에 꼭 맞게 주어진 일들.

가까이 놓인 물건들을 만지기,
의도된 사정거리까지 시선을 던지기,
청각의 범위 안에 포착된 소리들을 듣기.

그러고 나서 A 지점부터 B 지점까지로 여행.
현지 시각으로 12시 40분 출발.
이 지역을 유영하는 뭉게구름들 너머로 고공비행,
어디론가 무한히 뻗어 있는
하늘의 한 줄기 선을 따라서.

이혼

Rozwód

아이들에겐 첫번째 세상의 종말.
고양이에겐 새로운 남자 주인,
개에겐 새로운 여자 주인의 등장.
가구에겐 계단과 쿵쾅거림, 차량과 운송.
벽에겐 그림을 떼고 난 뒤 드러나는 선명한 네모 자국.
이웃들에겐 이야깃거리, 잠시 따분함을 잊게 해주는 휴식.
자동차에겐 만약 두 대였다면 훨씬 나은 상황.
소설책과 시집들에겐—좋아, 당신이 원하는 걸 맘대로 가져가.
문제는 백과사전과 비디오 플레이어,
그리고 맞춤법 교본이다,
앞으로 두 사람의 이름을 나란히 쓸 때 어떡하면 좋을지 적혀 있을 텐데—
접속사 '그리고'로 연결해야 하는지,
아니면 두 이름을 분리하기 위해 마침표를 사용해야 하는지.

암살자들

Zamachowcy

몇 날 며칠을 고민한다,

암살을 하기 위해, 어떤 방법으로 죽일 것인지,

어떡하든 많이 죽이기 위해, 몇 명이나 죽일 것인지.

하지만 그 밖에도 자신에게 주어진 음식을 맛있게 먹어
치우고,

기도를 하고, 발을 씻고, 새에게 먹이를 주고,

겨드랑이를 벅벅 긁으며 전화 통화를 한다,

손가락을 베였을 땐 지혈을 하고,

그들이 여자라면 생리대와

아이새도, 그리고 꽃병에 꽂을 꽃을 산다,

기분이 유쾌할 땐 다들 농담을 한다,

냉장고에서 감귤 주스를 꺼내 마시고,

밤이 되면 달과 별을 쳐다본다,

헤드폰을 낀 채 잔잔한 음악을 듣고,

먼동이 틀 때까지 단잠을 잔다,

—그들이 생각하는 그것을 굳이 한밤중에 실행해야 할 필요가 없다면.

경우

Przykład

돌풍이
지난밤 나무에게서 모든 잎사귀를 앗아가버렸다
오직 한 장의 잎사귀만
달랑 남았다,
헐벗은 나뭇가지에서 독무(獨舞)로 몸을 흔들기 위해.

이 경우
폭력이 가담을 한다,
당연하게도
폭력은 이따금 농담을 즐기니까.

신원 확인

Identyfikacja

네가 와줘서 다행이야 — 그녀가 말한다.

목요일에 비행기가 폭발했다는 소식 들었어?

바로 그 사건 때문에

그들이 날 데리러 왔었어.

아마도 탑승자 명단에 그이의 이름이 있었던 모양이야.

근데 그게 뭐 어때서? 그 사람이 마음을 바꿨을 수도 있잖아.

혹시 내가 놀라서 쓰러질까 봐 그들이 약을 주었어.

그러고 나서는 내가 알지 못하는 어떤 사람을 내게 보여주었어.

한쪽 팔만 빼고는 온통 새까맣게 그을린 누군가를.

찢어진 셔츠 조각, 손목시계, 그리고 결혼반지.

나는 화가 치밀어 올랐어, 왜냐하면 절대 그 사람일 리가 없으니까.

그가 그런 몰골을 하고서 내게 이런 짓을 할 리가 만무하니까.

상점에 가면 널린 게 바로 그런 셔츠인걸.

그 시계는 그저 평범한, 낡은 시계일 뿐이고.

그의 반지에 새겨져 있는 우리의 이름은

그저 흔한 이름에 불과하잖아.

네가 와줘서 다행이야. 여기 내 옆에 좀 앉아봐.

그 사람은 목요일에 돌아오기로 되어 있었어.

하지만 올해가 가기 전에 우리에겐 아직 수많은 목요일이 남아 있는걸.

차(茶)를 마시기 위해 주전자에 물을 끓일 거야,

그러고는 머리를 감을 거야, 그러고 나서, 그다음에,

이 모든 일들로부터 깨어나려 애써볼 거야.

네가 와줘서 정말 다행이야, 왜냐하면 거긴 너무 추웠거든,

근데 그이는 고무로 만든 얇은 침낭 속에 누워 있었어,

그러니까 내 말은 운이 아주 나빴던 그 남자 말이야.

나는 목요일을 끓일 거야, 그리고 차(茶)를 감을 거야, 44
왜냐하면 우리의 이름은 너무나도 흔해빠졌으니까—

책을 읽지 않음

Nieczytanie

서점에서는 프루스트의 작품에
더 이상 리모컨을 제공하지 않는다,
그래서 너는 더 이상 채널을 돌릴 수가 없다,
축구 경기나
볼보 자동차를 상품으로 받을 수 있는 퀴즈 게임을 보기 위해.

우리는 훨씬 오래 산다,
하지만 덜 명확한 상태로
그리고 더 짧은 문장들 속에서.

우리는 더 빨리, 더 자주, 더 멀리 여행을 한다,
추억 대신 슬라이드를 갖고 돌아오긴 하지만.
여기서 나는 어떤 사내랑 함께 있다.
거기서는 아마도 전 애인과 함께 있는 듯.

여기서는 모두가 나체로 돌아다닌다,
그러니 아마도 해변에 와 있는 듯.

세상에 일곱 권이라니—좀 봐달라고요!
요약이나 축약은 불가능하다,
아님 가장 좋은 건 그림으로 보여주는 것.
언젠가 "인형"[1]이라는 제목의 TV 드라마가 있었다,
하지만 시누이가 말하길 그건 누군가 다른 P씨의 작품이라나.

하긴 누구의 작품인지는 그리 중요치 않다.
사람들이 말하길 그가 수년에 걸쳐 침대에서 작품을 썼다고 했다.
한 페이지, 그리고 또 한 페이지
상당히 느린 속도로.

하지만 우리는 여전히 전속력으로 달리고 있다,

—쉿, 나무를 두드리자[2]—그것도 아주 건강한 상태로.

1 폴란드의 유명한 소설가인 볼레스와프 프루스(Bolesław Prus, 1847~1912)의 대표작 『인형*Lalka*』(1890)을 원작으로 제작된 TV 미니시리즈. 당시 큰 인기를 얻었다.

2 폴란드를 비롯한 일부 유럽 국가에서는 '건강'이나 '행운'을 과시하는 말을 할 때, 이를 천기누설이라고 생각해서 불운을 막기 위해 나무 혹은 나무로 만든 물건을 두드리는 풍습이 있다.

기억의 초상

Portret z pamięci

모든 것이 그런대로 잘 들어맞는다. 48
둥그런 두상, 얼굴의 윤곽, 키, 그리고 실루엣.
하지만 그 사람과 닮지 않았다.
자세가 이게 아니었던가?
색채의 배합이 잘못되었나?
어쩌면 옆모습에 가까웠나,
마치 뭔가를 들여다보고 있는 듯한 포즈였나?
양손에 뭔가를 들고 있다면 어떨까?
그의 책? 혹은 누군가에게 빌려온 책을?
지도를? 망원경을? 낚싯대를?
뭔가 다른 옷을 입혀야 하는 게 아닐까?
1939년 9월의 군복을? 아니면 수용소의 줄무늬 죄수복을?
그때 그 시절의 옷장에서 꺼낸 바람막이 점퍼를?
아님—마치 반대편 해변으로 헤엄치는 중인 것처럼—

그의 발목까지, 무릎까지, 허리까지, 목까지

물에 잠겨 있다면? 알몸으로?

그의 뒤에 배경을 그려 넣는다면?

미처 제초(除草)를 못한 푸른 풀밭을?

덤불을? 자작나무 숲을? 구름이 가득한 수려한 하늘을?

그의 옆에 누군가 있어야 하는 건 아닐까?

그 사람과 언쟁 중이었을까? 아니면 농담을 주고받고 있었나?

카드 게임을 했나? 술을 마셨나?

가족 중 한 사람이었을까? 친구였나?

몇 명의 여자와 함께 있었을까? 한 명이었나?

아님 창가에 서 있었던가?

문을 나서는 중이었나?

떠돌이 개를 옆에 데리고?

유대감이 강한 인파 속에 파묻혀 있었나?

아냐, 모든 게 다 아니라고.
그는 혼자여야만 해,
그게 가장 잘 어울리는걸.
하지만 이렇게 바짝 다가오는 건 아닌 듯한데?
멀리? 좀더 멀리?
화폭에서 가장 깊은 구석으로?
그가 소리를 지른다 해도
목소리가 미처 와 닿지 못할 먼 곳으로?
그렇다면 전경(前景)에는 무엇을 배치한담?
흠, 그게 뭐든 상관없어.
막 창공을 날고 있는 한 마리 새만
거기에 등장한다면.

꿈

Sny

지질학자들의 지식이나 학식에 반기를 들고,
그들의 나침반과 그래프, 지도에 냉소를 보내면서
꿈은 순식간에
우리의 눈앞에 단단한 바위산들을
마치 현실인 것처럼 높이 쌓아 올린다.

산이 있으니, 계곡과 평야들도 생겨났다,
완벽한 기간 시설들도 함께.
기술자도, 도급업자도, 노동자도 없이,
불도저도, 굴착기도, 건축 장비들도 없이—
거침없이 뻗은 고속도로, 느닷없이 생겨난 다리들,
순식간에 모습을 드러낸, 인파로 붐비는 도시들.

감독이나 메가폰, 카메라맨도 없이—
군중은 정확히 알고 있다, 언제 우리를 겁주고,

언제 사라지면 되는지.

뛰어난 기술을 보유한 숙련된 건축가도 없이,
목수나 벽돌공, 콘크리트 기술자도 없이—
마치 장난감처럼 오솔길에 홀연히 나타난 집 한 채,
그 안에 우리의 발걸음 소리가 메아리처럼 울리고,
단단한 공기로 지어진 벽들로 사방이 가로막힌 거대한 방들이 있다.

단지 규모뿐만 아니라 정교함도 갖추었으니—
특정한 손목시계, 온전한 모습의 파리 한 마리,
탁자에는 꽃문양이 수놓인 테이블보가 덮여 있고,
한입 베어 물어 잇자국이 선명한 사과 한 알도 놓여 있다.

그리고 우리들—서커스의 곡예사나

마술사, 요술쟁이나 최면술사와는 달리
깃털도 달지 않은 채 하늘을 날아다닌다,
어두운 터널 속에서 눈빛으로 서로를 비추면서
우리는 미지의 언어로 유창하게 이야기를 나눈다,
그저 아무나가 아닌 죽은 사람들과.

게다가 우리의 의지나
심장의 두근거림, 고유한 취향과는 상관없이
무언가를 향한 뜨거운 욕망에
정신없이 마음을 빼앗기고 만다—
자명종이 울리는 그 순간까지.

해몽 책을 쓴 저자들은 이 모든 것에 대해 과연 뭐라고 할까,
몽상적인 상징과 징후들을 연구하는 학자들,

정신분석을 위해 마련된 소파를 갖고 있는 의사들은— 54
만약 뭔가가 그들의 생각에 부합된다면,
그건 단지 우연의 일치일 뿐,
그리고 한 가지 이유 때문일 뿐,
그건 우리의 꿈속에서,
그들의 그림자와 빛 속에서,
그들의 복합성과 예측 불가능한 모습에서,
그들의 마구잡이 성향과 넓게 흩어진 상태에서
가끔은 아주 선명한 의미가
포착되기도 하므로.

우편마차 안에서

W dyliżansie

내 상상이 너에게 이 여행을 권했다.
우편마차 지붕에서 상자와 소포들이 비에 젖는다.
마차의 안쪽에는 숨 막히는 소란과 혼잡.
땀에 흠뻑 젖은, 뚱뚱한 가정주부,
죽은 토끼를 둘러메고, 파이프 담배 연기에 휩싸여 있는 사냥꾼,
포도주가 담긴 술통을 두 팔로 안은 채 코를 골며 잠든 프랑스인 성직자,
시끄럽게 울어대느라 얼굴이 새빨개진 갓난쟁이를 안고 있는 유모,
심하게 딸꾹질을 해대는, 알딸딸하게 취한 상인,
이 모든 것들에 잔뜩 짜증이 난 숙녀,
또한 트럼펫을 들고 있는 소년,
벼룩에 여기저기 물어뜯긴 커다란 개 한 마리,
새장 안에 갇힌 앵무새도 있다.

그리고 또 한 사람, 바로 내가 이곳에 올라탄 이유.
타인들의 짐 꾸러미 사이에서 눈에 잘 띄진 않지만,
분명 그가 거기에 있었다—율리우시 스워바츠키.[1]

그는 좀처럼 대화에 동참하지 않는다.
대신 쭈글쭈글해진 봉투에서 꺼낸 편지를 읽고 있는 중.
아마도 그 편지는 여러 번 읽은 듯하다,
편지지 귀퉁이가 이미 닳아서 해져 있는 걸 보면,
그러다 편지지 틈에서 말린 제비꽃잎 하나가 떨어졌을 때
아, 이런! 우리 두 사람은 동시에 탄식하며
그것을 붙잡으려 허공으로 손을 내밀었다.

지금이 바로 적절한 순간이리라,
오래전부터 생각해온 이야기를 그에게 털어놓기에.

실례합니다, 선생님, 실은 매우 급하고 중요한 일이 있어서요.

저는 미래에서 왔고, 앞으로 어떤 일이 벌어질지 알고 있답니다.

선생님의 시는 늘 사람들의 사랑과 흠모의 대상이었죠.

그리고 선생님께서는 바벨 성[2]에 폴란드의 왕들과 함께 안장되셨어요.

하지만 애석하게도 내 상상력은 너무도 미약해서,

그가 내 말을 듣거나 아니면 적어도 나를 쳐다보기라도 하게 만들 수가 없다.

내가 아무리 그의 소매를 잡아끌어도 그는 아무것도 느끼지 못한다.

그저 담담하게 제비꽃잎을 편지지 사이에 끼워 넣고,

편지지를 다시 봉투 안에 넣고, 그걸 여행 가방 속에 집어넣는다.

잠시 빗물에 젖은 창문을 응시하다가

결국 자리에서 일어나 코트의 단추를 채우고, 문 쪽으로 향한다.

그러고는?—다음 정류장에서 내린다.

불과 몇 분 동안은 그를 내 시야에 담아둘 수 있다.

여행 가방을 든 채 걸어가는 그는 다소 여윈 체구를 가졌다.

앞을 향해 뚜벅뚜벅 걸어간다, 고개를 떨어뜨린 채,

마치 아무도 자신을 기다리지 않는다는 걸

알고 있다는 듯.

이제 내 시야에 남겨진 건 단역들뿐.

우산을 쓴 채 걷고 있는 여러 명의 가족들,

휘파람을 불고 있는 하사관, 가쁜 숨을 몰아쉬며 그 뒤를

따르는 신병들,

새끼 돼지들이 득실거리는 사륜마차,

그리고 교대를 기다리고 있는, 말 두 마리.

1 Juliusz Słowacki(1809~1849): 폴란드 낭만주의를 대표하는 시인.

2 Wawel: 11세기에 폴란드의 옛 수도인 크라쿠프Kraków에 세워진 왕궁으로 로마네스크·고딕·르네상스·바로크 등 다양한 양식이 혼합된 건축물이다. 고딕 양식으로 지어진 바벨 대성당 지하에는 폴란드의 왕과 위인들의 무덤이 있다.

엘라[1]는 천국에

Ella w niebie

신께 기도했다,
온 마음을 다해서,
행복한 백인 소녀로
자신을 만들어달라고.
만약 모든 걸 바꾸기에 너무 늦었다면,
주님, 제 몸무게가 얼마나 나가는지 좀 봐주세요,
그리고 절반만이라도 제게서 덜어가 주세요.
하지만 자애로운 신은 안 된다고 대답했다.
단지 엘라의 심장에 손을 얹고,
그녀의 목구멍을 들여다보고는 천천히 머리를 쓰다듬었다.
그리고 덧붙였다—만약 모든 것이 끝나거든
내게로 와서 날 기쁘게 해주렴,
내 검은 위안, 노래하는 그루터기야.

1 미국의 흑인 재즈 가수 엘라 피츠제럴드(Ella Fitzgerald, 1917~1996)를 가리킨다. 쉼보르스카는 생전에 엘라 피츠제럴드의 열렬한 팬이었다.

베르메르

Vermeer

레이크스 미술관[1]의 이 여인이
세심하게 화폭에 옮겨진 고요와 집중 속에서
단지에서 그릇으로
하루 또 하루 우유를 따르는 한
세상은 종말을 맞을 자격이 없다.

1 Rijksmuseum: 네덜란드 암스테르담에 있는 세계적인 국립미술관. 소장 규모 면에서 네덜란드 최대이며 베르메르, 반 고흐, 렘브란트 등 유명 화가의 걸작들을 소장하고 있다.

형이상학

Metafizyka

존재했다, 그리고 사라졌다.
존재했다, 그래서 사라졌다.
결코 되돌릴 수 없는, 정해진 순서에 따라서,
왜냐하면 이건 돌이킬 수 없는 게임의 법칙이므로.
굳이 글로 쓸 필요조차 없는 진부한 결론이므로,
다만 지극히 명백한 어떤 사실만 아니었다면,
지금도, 그리고 앞으로도 범우주에 걸쳐 통용될
영구불변의 어떤 사실만 아니었다면.
그러니까 뭔가가 명백히 존재했다는 것,
그것이 사라지기 직전까지는.
심지어 오늘 네가 비계를 곁들인 클루스키[1]를 먹었다는
그 사실조차도.

1 kluski: 밀가루를 반죽해서 빚은 경단으로 수제비나 짧은 국수처럼 생겼다. 소스를 뿌려 육류와 함께 먹거나 간을 맞추기 위해 이 시에서처럼 구운 돼지비계를 조그맣게 잘라 곁들여 먹기도 한다.

충분하다
Wystarczy

얼마 전부터 내가 주시하고 있는 누군가에 대하여

Ktoś, kogo obserwuję od pewnego czasu

그는 떼를 지어 오지 않는다.

단체로 모이지 않는다.

무리지어 다니지 않는다.

소란을 떨며 기념하지 않는다.

자신의 목에서 우렁찬 합창 소리를

짜내려 하지 않는다.

관련자 모두를 상대로 선언하는 법이 없다.

이름을 걸고 단언하지 않는다.

그가 있는 한

심문은 이뤄지지 않는다.

누가 누구의 편이고, 누가 그 반대편인지,

됐습니다, 이의 없습니다.

그의 머리가 사라졌다,

머리와 머리가 만나는 곳,
발걸음과 발걸음, 어깨와 어깨가 교차하는 곳에서,
그래도 목표를 향해 꿋꿋이 나아간다.
주머니 속에 수많은 전단과
홉 열매[1]로 만든 제품을 넣은 채.

오직 처음에만
평화롭고 목가적인 그곳에서,
머지않아 한 무리의 군중이
다른 무리와 뒤섞일 테니,
그러곤 알 수 없게 되리라,
과연 이것들이 누구의 것인지,
이 벽돌과 꽃들,
환호성과 몽둥이가 누구의 것인지.

눈에 띄지 않는다.
화려하지도 않다.
그는 도시의 쓰레기처리장에 고용되었다.
희미한 새벽,
사건이 발생한 현장에서
그는 긁어모으고, 집어 올리고, 트럭에 던져 넣는다.
반쯤 죽어버린 나무들에 못 박혀 있던 것들을,
누렇게 시든 잔디밭에서 짓밟혀 있던 것들을.

닳아빠진 현수막들,
깨진 병 조각들,
불에 그을린 조각상들,
물어뜯긴 뼈다귀들,
묵주들, 휘파람들 그리고 콘돔들을.

한번은 그가 덤불 속에서 비둘기장을 찾아냈다.
그리고 집으로 가져갔다,
새장이 텅 빈 채로
남아 있게 하기 위해.

1 뽕나뭇과의 여러해살이 덩굴 풀. 맛이 쓰고 향기가 나 약재나 맥주의 원료로 쓴다.

어느 판독기의 고백

Wyznania maszyny czytającej

나, 제품 번호 3 더하기 4 나누기 7은
방대한 언어학적 지식으로 명성을 떨치는 중.
지금껏 나는 이미 멸종된 인간들이 사용했던
수천 개의 언어를 인식해왔다.

재난의 소용돌이 속에서 으스러지는 순간에도
자신들만의 고유한 기호로 기록한 모든 것,
나는 그 원형을
추출해내고, 복원해낸다.

자랑은 아니지만,
심지어 용암도 읽어내고,
재〔灰〕도 대충 파악할 줄 안다.

언급된 모든 대상들에 관해

화면 위에서 상세히 설명한다,
언제, 어디서, 무엇 때문에
만들어졌는지.

가끔은 오로지 내 개인적인 관심사를 충족시키려고
몇몇 편지들을 면밀히 검토하고,
그 속에서 발견되는
맞춤법 오류들을 수정하기도 한다.

고백하건대—어떤 단어들은
나를 곤란에 빠뜨리기도 한다.
예를 들어 "감정"이라 명명된 다양한 상태들은
아직도 그 의미를 명확히 설명할 수가 없다.

"영혼"이라는, 괴상한 단어도 마찬가지.

일단 나는 이 어휘를 다음과 같이 규정하고 있다.

일종의 안개와 같은 것,

유한한 생명력을 지닌 생물체보다는 지속력이 좀더 강하다고 알려져 있음.

하지만 가장 골치 아픈 단어는 "나는 ~이다"라는 동사.

일상적인 기능에 사용되는 것 같지만, 결코 집합적이지 않음.

현재형의 태고시제이면서,

그 형태는 미완료형,

비록 오래전에 완료되었음을 다들 알고 있지만.

하지만 과연 이것이 충분한 정의(定義)일까?

내 연결 회로는 덜거덕거리고, 나사들은 삐걱댄다.

본사(本社)와 연결된 버튼에 불이 들어오는 대신 연기가

피어오른다. 72

나의 벗, 제품 번호 0의 5분의 2 대시 2분의 1에게
형제적 차원의 도움을 요청해야겠다.
그렇다, 그는 비록 미치광이로 알려져 있지만,
번뜩이는 아이디어를 갖고 있으니.

그런 사람들이 있다

Są tacy, którzy

보다 능숙하게 삶을 살아내는 사람들이 있다.
자신의 내면과 주변을 말끔히 정돈하고,
모든 사안에 대해 해결책과 모범 답안을 알고 있는 사람들.

누가 누구와 연관되어 있고, 누가 누구와 한편인지,
목적은 무엇이고, 어디로 향하는지 단번에 파악한다.

오로지 진실에만 인증 도장을 찍고,
불필요한 사실들은 문서세단기 속으로 던져버린다,
그리고 낯선 사람들은
지정된 서류철에 넣어 별도로 분류한다.

단 1초의 낭비도 없이
딱 필요한 만큼만 생각에 잠긴다,
왜냐하면 그 불필요한 1초 뒤에 의혹이 스며든다는 걸 알기에.

존재의 의무에서 해방되는 순간,
그들은 지정된 출구를 통해
자신의 터전에서 퇴장한다.

나는 이따금 그들을 질투한다,
—다행히 순간적인 감정이긴 하지만.

사슬

Łańcuchy

무더운 여름날, 개집, 그리고 사슬에 묶인 개 한 마리.
불과 몇 발자국 건너, 물이 가득 담긴 바가지가 놓여 있다.
하지만 사슬이 너무 짧아 도저히 닿질 못한다.
이 그림에 한 가지 항목을 덧붙여보자.
훨씬 더 길지만,
거의 눈에 띄지 않는 우리의 사슬,
덕분에 우리는 자유롭게 서로를 지나칠 수 있다.

공항에서

Na lotnisku

두 팔을 벌린 채 서로를 향해 달려온다,
활짝 웃으며 소리친다, 드디어! 마침내!
둘 다 두꺼운 겨울 외투 차림,
두툼한 털모자에,
장갑,
그리고 부츠,
하지만 단지 우리의 육안으로만.
그들 자신은 이미 알몸이니까.

강요

Przymus

살아남기 위해 우리는 다른 생명을 먹는다.
사망한 양배추를 곁들인 돼지고기 사체(死體).
모든 메뉴는 일종의 부고(訃告).

가장 고결한 사람들조차
죽임을 당한 뭔가를 섭취하고, 소화해야 한다,
그들의 인정 많은 심장이
박동하는 걸 멈추지 않도록.

가장 서정적인 시인들조차 그러하다.
가장 엄격한 금욕주의자들도
끊임없이 씹고, 삼킨다,
한때는 성장을 지속했던 어떤 대상을.

나는 이 대목에서 위대한 신들과 화해할 수가 없다.

혹시 그들이 순진무구하다면 모를까,

그들이 귀가 얇아서

세상을 지배하는 모든 권력을 자연에게 넘겨준 거라면 모를까.

그리하여 광란에 휩싸인 자연은 우리에게 굶주림을 선사하고,

굶주림이 시작되는 곳에서

결백은 종말을 고한다.

그 즉시 배고픔을 향해 모든 감각들이 달려든다.

미각, 후각, 그리고 촉각, 그리고 시각.

어떤 요리를 먹는지,

어떤 접시에 담겨 나오는지 도저히 무관심할 수 없기에.

심지어 청각도 동참한다,

눈앞에 벌어지고 있는 광경 속으로,

식탁에서 유쾌한 대화가 오가는 건 흔한 일이니까.

누구에게나 언젠가는

Każdemu kiedyś

가까운 이가 죽음을 맞이하는 건 누구에게나 언젠가는 일어나는 일,
존재할 것이냐 사라질 것이냐,
그 가운데 후자를 선택하도록 강요당했을 뿐.

단지 우리 스스로 받아들이기를 힘들어할 뿐이다,
그것이 진부하기 짝이 없는 현실이란 걸,
과정의 일부이고, 자연스러운 귀결이란 걸.

조만간 누구에게나 닥치게 될 낮이나 저녁,
밤 또는 새벽의 일과라는 걸.

색인의 명부와도 같이,
경전의 조항과도 같이,
달력에서 닥치는 대로 아무렇게나 고른

수많은 날짜 중 하나와도 같이,

하지만 그것이 바로 자연의 음양.
되는대로 움직이는 자연의 불길함과 신성함.
자연의 살아 있는 증거이자 전능함.

그러나 아주 이따금
자연이 작은 호의를 베풀 때도 있으니
세상을 떠난 가까운 이들이
우리의 꿈속에 찾아오는 것.

손
Dłoń

우리의 손가락 다섯 개, 그 각각의 끝에 있는 82
스물일곱 개의 뼈,
서른다섯 개의 근육,
약 2천 개의 신경세포들.
『나의 투쟁』[1]이나
『곰돌이 푸의 오두막』[2]을 집필하기엔
이것만으로 충분하고도 넘친다.

1 Mein Kampf: 아돌프 히틀러(1889~1945) 자서전. 1923년 11월에 봉기 실패 후 형무소에서 쓴 책으로, 반유대주의와 반민주적인 세계관이 고스란히 담겨 있다.

2 Pooh Corner: 1928년 출간된 『곰돌이 푸』의 최종판. 주인공인 크리스토퍼 로빈이 성장하여 더 이상 동물 인형들의 세계에 머무를 수가 없어 떠나는 것으로 끝을 맺는다.

거울

Lustro

그래, 나는 그 벽을 기억한다,
우리의 몰락한 도시에 세워져 있던 그것은
거의 6층 높이까지 솟아 있었고,
4층에는 거울이 있었다.
도저히 믿기지 않는 거울이었다,
조금도 훼손되지 않았고,
너무도 견고하게 부착되어 있었기에.

더 이상 그 누구의 얼굴도 비추지 않았고,
머리를 매만지는 그 어떤 손도,
맞은편에 있는 그 어떤 문도,
'장소'라고 부를 수 있는 그 어떤 공간도
투영하지 않았지만.

마치 어디론가 휴가를 떠나온 듯했다—

살아 있는 하늘이 거울을 응시했다,
야생의 공기 속을 유영하는 부산한 구름과,
반짝이는 빗줄기에 젖은 폐허의 먼지와,
비상하는 새들과, 별들과, 해돋이도.

잘 만들어진 모든 물건이 그러하듯
거울은 완벽하게 제 임무를 수행했다,
투철한 직업의식으로 놀라움의 감정을 배제한 채.

내가 잠든 사이에

W uśpieniu

뭔가를 찾아 헤매는 꿈을 꾸었다,
어딘가에 숨겨놓았거나 잃어버린 뭔가를,
침대 밑에서, 계단 아래에서,
오래된 주소에서.

무의미한 것들, 터무니없는 것들로 가득 찬
장롱 속을, 상자 속을, 서랍 속을 샅샅이 뒤졌다.

여행 가방 속에서 끄집어냈다,
내가 선택했던 시간들과 여행들을.

주머니를 털어 비워냈다,
시들어 말라버린 편지들과 내게 발송된 것이 아닌 나뭇잎들을.

숨을 헐떡이며 뛰어다녔다,
내 것과 내 것이 아닌 것들,
불안과 안도 사이를.

눈[雪]의 터널 속에서,
망각 속에서 가라앉아버렸다.

가시덤불 속에서,
추측 속에서 갇혀버렸다.

공기 속에서,
어린 시절의 잔디밭에서 허우적거렸다.

어떻게든 끝장을 내보려고 몸부림쳤다,
구시대의 땅거미가 내려앉기 전에,

막이 내리기 전에, 정적(靜寂)이 찾아오기 전에.

결국 알아내길 포기했다,
그토록 오랫동안 나는 과연 무얼 찾고 있었는지.

깨어났다.
시계를 본다.
꿈을 꾼 시간은 불과 두 시간 삼십 분 남짓.

이것은 시간에게 강요된 일종의 속임수다,
졸음에 짓눌린 머리들이
시간 앞에 불쑥 모습을 드러낸 그 순간부터.

상호성

Wzajemność

목록이 기재된 목록.

시에 관한 시.

배우가 연기하는 배우에 관한 연극.

편지로 인해 집필된 편지.

단어를 명확히 설명하기 위해 쓰이는 단어.

뇌를 연구하는 데 사용되는 뇌.

웃음과 마찬가지로 쉽게 전염되는 슬픔.

폐지 뭉치에서 주워 올린 종이들.

시선에 포착된 시선.

격변화에 의해 생성된 격들.

작은 개천들의 공헌으로 탄생된 거대한 강.

숲의 가장자리까지 무성하게 자란 숲.

기계를 만들기 위해 고안된 기계.

우리를 꿈에서 갑자기 깨어나게 만드는 꿈.

건강의 회복에 필요한 건강.

내리막 계단만큼 많은 숫자의, 오르막 계단.
안경을 찾는 데 사용되는 안경.
날숨과 들숨이 결합된 호흡.
가끔은 간절히 바라기도 했다,
증오를 증오하는 감정을.
하지만 결국은
무지(無知)에 대한 무지(無知)
그리고 손을 씻는 데 동원된 손들.

나의 시에게

Do własnego wiersza

가장 좋은 경우는
나의 시야, 네가 꼼꼼히 읽히고,
논평되고, 기억되는 것이란다.

그다음으로 좋은 경우는
그냥 읽히는 것이지.

세번째 가능성은
이제 막 완성되었는데
잠시 후 쓰레기통에 버려지는 것.

네가 활용될 수 있는 네번째 가능성이 하나 더 남았으니
미처 쓰이지 않은 채 자취를 감추는 것,
흡족한 어조로 네 자신을 향해 뭐라고 웅얼대면서.

지도[1]

Mapa

평평하다,
자신이 몸을 펴고, 누워 있는 탁자처럼.
그 밑에서 꿈틀대는 건 아무것도 없고,
배출구를 찾지도 않는다.
그 위에서 내가 내뿜는 인간의 숨결은
대기에 아무런 동요도 일으키지 않고
표면 전체를 평화롭게 놔둔다.

평원과 골짜기는 늘 초록색,
고지대와 산맥은 노란색과 갈색,
가장자리가 찢긴 해안과 맞닿아 있는
바다와 대양은 친근한 하늘색.

이곳에서는 모든 것이 조그맣고, 닿을 수 있고, 가깝다.
손톱 끝으로 화산을 눌러버릴 수도 있고,

두꺼운 장갑 없이도 극점을 어루만질 수 있다,
한 번의 눈짓으로 사막 전체를 아우를 수도 있다,
바로 옆에서 유유히 흐르는 강과 더불어.

밀림은 나무 몇 그루로 표시되어 있어
그 속에서 길을 잃을 염려가 없다.

동쪽과 서쪽,
적도의 위와 아래—
음식 위에 살며시 검은 깨[2]를 뿌려놓은 듯 고요하고 잠잠하다,
그리고 그 검은 점 하나하나마다
사람들이 살고 있다.
수많은 무덤들, 느닷없는 폐허들은
도면 속에서 모두 배제되었다.

나라들 간의 국경선은 아주 희미하게 보인다,
마치 존재 여부 자체를 망설인 것처럼.

나는 지도가 좋다, 거짓을 말하니까.
잔인한 진실과 마주할 기회를 허용치 않으니까.
관대하고, 너그러우니까.
그리고 탁자 위에다 이 세상의 것이 아닌
또 다른 세상을 내 눈앞에 펼쳐 보이니까.

1 쉼보르스카 시인이 생전에 마지막으로 완성한 시이다.
2 원문에는 '양귀비 씨(maki)'라고 되어 있다. 폴란드에서는 양귀비 재배가 합법이며, 그 씨앗을 요리에 자주 사용한다.

마지막 시들

육필 원고에 대한
간략한 설명과 사본(寫本)들

대부분의 육필 원고는 A5 크기(혹은 이와 비슷한 크기)의 종이에 남아 있었는데, 이것은 A4 크기의 컴퓨터 인쇄용지나 타자기 용지를 절반으로 자른 형태였다. 나머지 원고들은 따로 찢어낸 공책 표지, 혹은 표지가 누락된 공책 안에 적혀 있었다. 시인이 별도로 스크랩해놓은 종이 뭉치에서 발견된 경우도 있었고, 광고 전단 뒷면에 적힌 메모도 있었다.

99쪽

"어떤 단어는 꿈속에서 나타나기도 한다"로 시작되는 메모는 「어느 판독기의 고백」과 관련된 글이다. 그중에 시인이 선을 그어 지워버린, 다음과 같은 구절이 있다:

> "나는 ~이다"라는 동사 외에는 아무것도 보존되지 않았다/ 마치 화석이 되어버린 [아래턱]처럼

오른쪽 하단, 구석에 비스듬히 기울어진 상태로 적힌 네 줄짜리 글은 다음과 같은 내용이다:

> 시간은 구두쇠가 아니니다/ 우리에게 1분의 친절을 베풀었기에/ 현명한 기계는 삐걱대는 소리와 더불어 스스로 전원을 끈다/ 그리고 자신의 무지를 인정하는 걸 부끄러워한다

których słowo nie żyje już   jeszcze

przesłania znaczenie co znaczyło   wypadnie z obiegu

podziemne się tunele zamieszkania ~~wypadnie~~

z ~~Fotona~~ zniknęła za urzędnicze

[—   wysiłkiem zrozumienia

w końcu niegdyś dotarłem
andżin i świcie
nawet w mokrych
mazgajem

pojawia się przypisek
i anioł nieczuły

wyjmuje między szufladami nazwiskami

w czasach już do ~~bojaźni~~
~~kiedy jednak~~ ~~[illegible]~~

jak skamieniała ziemia
wydobyta z ziemi

wcale nie jestem najlepszy

składnia mówiąca lub przekazana treści

nawet znak nie wyraża co znaczyło się przedtem

wyjęty ~~ziarnka ziarna~~ nowej dawno
~~[illegible]~~
między
nie pamięta się niczego który się

nazwisko i jeszcze nie zostało wtedy napisanym
a nie wiem czemu znaczy

nic ~~się nie~~ zachowało ~~jednak~~ ~~żadnego~~ jestem
jak ~~[illegible]~~

mnie których najlepszy jest jeszcze niejasnym
kawałek pewnego na ziemi słowa

Brzytwa słowa z kości pospołu
rozpadający się w ruinach   słowo pianek zdziś w fałdach
kolejna nieciekawość   minionego czasu
schowane kolejna nieciekawość

Czas nie jest skończony
dni mego dawnego minęły
młoda mowa wyszła się z kościem
wstydzi się przyznać że nie zie

101쪽

「어느 판독기의 고백」에 관한 메모가 적힌 종이의 뒷면에는 특정 사안과 관련된 풍자시의 초안이 적혀 있었는데, 역시 시인이 줄을 그어 삭제했다. 따라서 이 책에는 수록하지 않았다.

오른쪽 여백에는 두 편의 작품과 연관된 조각글들이 적혀 있다. 한쪽에는 「나의 시에게」에 대한 글이고, 나머지 한쪽에 적힌 세 개의 메모는 동료 시인인 스타니스와프 바란차크Stanisław Barańczak를 소재로 기획된 시와 관련된 것들이다.

(1) 그러니 우리는 살아갈 수 있다/ 두 곳의 장소에서 동시에/ 예를 들어 여기 크라쿠프에서/ 그리고 거기 뉴턴빌에서

(2) 이것은 불만 신고 책에 기재하는/ 두번째 접수/ 누구나 고통을 겪는다/ 자신만의/ 나눌 수 없는 방식으로

(3) 각각의 친구들은/ 아주 조금 고통을 느낄 수 있을 뿐/ 하루 24시간 중에서/ 불과 몇 분 동안만

Ucz uważnie rąk
w dwóch [illegible] równocześnie
w [illegible] [illegible] w [illegible]
i tam w [illegible]

Każdy z przyjaciół
[illegible] tylko trochę
i tylko każdy inaczej
w innym kiedy

Więc piszemy że nie wiem
piszemy
z myślą o kimś obcym [illegible] [illegible]
Także do powiedzenia
i [illegible]

to drugi opis
w książce [illegible]
że każdy inaczej
w ~~[illegible]~~ swój
nieprzedziwny sposób

103, 105쪽

완성된 시 가운데 하나인 「내가 잠든 사이에」는 따로 찢어낸 A5 크기의 공책 표지 겉면에서 시작되어 그 뒷면에서 끝을 맺었다. 그런데 그 뒷면에는 썼다가 줄을 그어 지워버린 「장화 신은 조약돌Kamyk w bucie」 초고의 첫 대목이 적혀 있다.

103쪽

제일 첫번째 줄, 가운데 적힌 문장:

나는 공기 속을 유영했다

오른쪽 상단 구석에 수직으로 적힌 메모의 내용은 다음과 같다:

나는 존재했고 존재하지 않았다/ 젊고 늙었다/ 뭔가를 행복이라고 부르려면/ 아주 드물게 일어나는 것이어야 한다

rozgarniałam powietrze

~~[illegible]~~

nut

szukałam i sprawdzałam
w znanych mi i nieznanych
szafach pod [illegible] szufladach
[illegible] w [illegible] [illegible] dalej mi i dalej
~~[illegible]~~
[illegible] [illegible] [illegible]

bliżej mi i blisko
dalej mi i daleko

[illegible] nie [illegible]
[illegible] i [illegible]
w [illegible] i [illegible]

[illegible] mi [illegible] [illegible]
mu [illegible] mi [illegible]

[illegible] [illegible]
[illegible] [illegible] i [illegible]
[illegible] w [illegible] [illegible]
[illegible] mi [illegible] [illegible]
[illegible]

ci to czego szukałam
[illegible] mi już [illegible]

zbudziłam się
[illegible] na [illegible]
[illegible] [illegible] niespełna dni i pół minuty

nie mogę już [illegible] i
[illegible]

[illegible] otwarte przede mną
[illegible] i nie [illegible]
[illegible] niepokoje

rozgarniałam wodę
i [illegible] ich [illegible] powietrze

że w końcu ~~[illegible]~~
co i dlaczego ~~[illegible]~~

rozgarniam wodę
wylewam w okno powietrze

[illegible] mi długo
i dalej mi daleko
zatrzymam się w szukaniu

[illegible] [illegible] wodę
[illegible] i [illegible]

przez [illegible] [illegible] wodę
i okno powietrza

105쪽

미처 완성되지 못한 채 지워버린 「장화 신은 조약돌」은 아래쪽에 덧붙인 메모 — "다른 시와 관련된 시" — 에서도 알 수 있듯이 아마도 시인의 전작(前作) 중 「모래 알갱이가 있는 풍경Widok z ziarnkiem piasku」과 긴밀한 연관성을 갖고 있지 않았을까 판단된다.
가로로 그어진 선을 기준으로 아래쪽에는 「내가 잠든 사이에」의 끝맺음을 위한 다양한 버전들이 적혀 있는데 그중에는 다음과 같은 글귀들이 있다:

—믿기 힘들다, 이것이 은하계를 위해 봉사하는 그 시간과/ 똑같은 시간이란 사실을
—그것이 바로 우주의 시간이 능숙하게 잘하는 일이다

또한 다른 시를 연상시키는 네 줄짜리 시구도 발견되었는데, 아마도 「나의 시에게」와 연관된 글인 듯하다:

너를 아프게 하는 것 너를 기쁘게 하는 것/ 너를 놀라게 하고 웃게 만들고 화나게 하는 것// 가장 좋은 경우는 시간의 증거/ 논평의 대상

하지만 결국 이 작품의 최종 버전으로는 채택되지 않았다.
오른쪽 구석에 수직으로 적힌 조각글 중에서 가장 아래쪽에는 다음과 같은 내용이 적혀 있다:

누워 있는 네게 내민 / 누군가의 손

KAMYK W BUCIE

[illegible] [illegible] istnieje
[illegible] [illegible] być
i [illegible] [illegible] [illegible] — [illegible] [illegible]

że ten kamyk w bucie
[illegible] [illegible] tajemnicy

[illegible] być dla niego tajemnicą

dlatego kosmos jest
choć mógłby nie być
i po co [illegible] co w tak [illegible] rozmiarach

pozwala sobie

Trudno uwierzyć że to ten sam czas
który obsługuje galaktyki

dopuszcza się
czas

co się [illegible] co się [illegible]
co się [illegible] [illegible] [illegible]

w [illegible] [illegible] [illegible] [illegible]
tekst do analizy

nigdy nie trafi na wysoki głos

Oto do czego zdolny jest czas
nigdy nie trafi na wysoki głos

Oto do jakich [illegible] — [illegible] czas

Oto do jakich [illegible] zdolny jest kosmiczny czas
[illegible] [illegible] trafia na wysoki głos
[illegible] dopuszcza się

~~Oto do czego zdolny jest kosmiczny czas~~

Wierszyk o takim niebie

długo i [illegible] [illegible]
długo " [illegible]
daleko " [illegible]

[illegible] mało o tym
czego [illegible] jest mało

[illegible] [illegible] [illegible]
tylko [illegible]

do takich oto [illegible]
zdolny jest kosmiczny czas
[illegible]

107쪽

「내가 잠든 사이에」의 도입부 4행의 스탠자* 가운데 채택되지 않은 버전의 육필 원고.

뭔가를 찾아 헤매는 꿈을 꾸었다,
어딘가에 숨겨 놓았거나 잃어버린 뭔가를,
뭔가 중단된 것들 혹은 시작조차 못한 것들
장롱 밑에, 손바닥 밑에 놓여 있던 것들
주머니 속을 나무 위의 잎사귀들을 샅샅이 뒤졌다

천장에서 내 머리 위로 쏟아져 내렸다
읽히지 않은 나뭇잎과 내게 발송된 것이 아닌 편지들이

장롱 밑에서 손바닥 밑에서
어디서나 흔히 볼 수 있는 뭔가가

* 4행 이상으로 이루어진 각운이 있는 시구.

Przyśniło mi się. że coś nakładam
jakiś liść niedobry zielonego albo zaginione
czegoś co przeszło albo nie nawet
coś pod czasem nad życiem
przetrzymywałam brzezinie i liści na drzewach

Szumią mi się z ostatnich na głos
niedojrzałe liście i nie do mnie listy

coś to mogło być wszędzie
pod czasem nad życiem

109쪽

미완성 작품인 「곤충들Owady」의 육필 원고(「편집 후기를 대신하여」 참조).

OWADY

Widok ich z bliska skoro jesteś z daleka
albo z daleka chociaż jesteś z bliska

Czyjeś zawsze [illegible] [illegible]

żadnej winy tylko bzycie

mają oczy za nic
albo kawałek przestrzeni im do polowania

Narzucona im rola
[illegible] się w nich gra

Przytrafiło się życie
ani coś bardzo ważnego

ale minuta jest wciąż [illegible]

111쪽

미완성 작품인 「문제Materia」의 육필 원고(「편집 후기를 대신하여」 참조).

네 줄의 빗금으로 삭제된, 4행의 메모는 다음과 같다:

> 아마도 절망에 빠졌을지도/ 인생에서 그걸 피할 길은 아예 없으니// 말과 생각들을 몰아내기를/ 나머지 분비물들은 치명적인 병을 앓고 있는 동안만이라도

이것은 완성되지 못한 시 「소설Powieść」의 결말 부분(끝에서 두번째 연)의 또 다른 버전이다.

줄을 그어 지운, 상단의 오른쪽에 있는 두 단어는 "판독기"이다. 아마도 「어느 판독기의 고백」에 관한 아이디어가 갑자기 떠올라서 서둘러 적어둔 듯하다. 이 사실로 미루어 보면 「문제」 「소설」 「어느 판독기의 고백」이 거의 같은 시기에 쓰였음을 알 수 있다.

MATERIA

Zaczynała lekliwie -- gdzieniegdzie
potem się rozszalała ~~Maszyna ustawiona~~

stworzyło mechanizm
który ma także zadanie przetrwania
a czy to wolno w planie
sprzyja mnożeniu istot potem usuwa je z tego powodu
wyprzedza odzienia
i pusta sama siebie

kiedy się okazało że może być żywa

~~[illegible]~~
zaczyna się umrzeć w lód i wiedzy pierwsze

~~może być zwolniona~~
~~bo w ogień nie da się tego umieścić~~

~~Nieder wytułać z siebie słowa myśli~~
~~zenta wyobrażenie tylko w ostatniej chorobie~~
żadnej wizji przez lęścia rozmnażania się

113쪽

"너의 모든 블랙홀에게 인사를 전한다"로 시작하는, 끝마무리를 못한 제목 없는 시 육필 원고(「편집 후기를 대신하여」 참조).

이 시의 6행 "너의 무한함에 인사를 전한다"라는 구절은 시인이 삭제해버린 시 「장화 신은 조약돌」의 4행 "무엇 때문에 무엇을 위해 이처럼 거대한 크기가 그에게 주어졌는지"라는 구절과 일맥상통한다.

7행에 등장하는 전치사는 제대로 읽을 수가 없다. 아마도 '~ 위에'에 해당하는 전치사 'nad'가 아니라 '~라는 사실에'라는 의미의 전치사구인 'na tym'이 아니었을까.

마지막 행의 "너의(twój)"라는 단어(대문자인지 소문자인지 알아보기 힘들다) 뒤에는 부연설명에 해당하는 명사가 와야 하는데, 누락되어 있다.

Pozdrawiam wszystkie twoje nowe dni

[illegible] do [illegible] dnia poznać

ale wiem

że nie mam czasu odpowiadać na listy

[illegible] twoje przenikliwe odkrycia

i twoją [illegible]

[illegible] 11 lat [illegible] [illegible] tylko nad

że ty [illegible] [illegible] a ja [illegible]

ale. my wiem

że jedna [illegible] człowieka potrafi twoją radość

115쪽

미완성 작품인 「소설」의 육필 원고. 아마도 최종본이 나오기 직전, 거의 마지막 단계였을 것으로 추정된다(「편집 후기를 대신하여」 참조). 최종본은 타자기로 옮겨 적었다면 그 과정에서 완성되지 않았을까 추측해본다.

Powieść

niech nie będzie zakochany tylko w sobie
i to bez wzajemności

twórca opowieści musi się wyrzec dobra albo zła
których nigdy [illegible]
a on jeszcze sam
wszystko zależy od tego
w którym miejscu się zacznie
niech nie myśli o sobie od rana do rana

codzień idę życiem
myślenie których wcale nie muszą być wszystkie

są doskonale odrębni
opisani dokładnie
i często o nich nie mówi się tłum

czytelnik musi się o nich niepokoić

może być zapracowany — — —
bo tego w życiu nie da się uniknąć

Niech wydobędzie z siebie tylko słowa myśli
wie i wydaniem tylko o śmiertelnej chorobie

Palec losu niech będzie zakończony wyrokiem
w alfabecie są tylko alfa i omega

117쪽

“유머와 자비는 썩 잘 어울리는 한 쌍”으로 시작하는, 거의 완성 단계에 이른 작품의 육필 원고(「편집 후기를 대신하여」 참조). 도입부의 두번째 행 “그들은 오래전에 서로 결혼을 했지만”이라는 구절은 줄을 그어 완전히 삭제되어 있다.

네번째 줄에서 “일하다(pracować)”라는 동사 위쪽에 대안으로 “붙어 지내다(przebywać)”라는 동사가 적혀 있는 것이 눈에 띈다.

Humor i litość są dobrą parą

~~[illegible]~~

On już nie zdradza ona jest mu wierna

lubią ~~marnować~~ [illegible] razem wieczory na [illegible]

Ona ma przez siebie on tylko dorzuca

ale czasem zazdrości [illegible]

Kiedy muszą się rozstać Kiedy się z ważnej racji

[illegible] na sobie muszą się rozstać na dłużej

Kiedy muszą się rozstać – choć nie na dłużej –

[illegible] [illegible] [illegible] opisany

119쪽

앞서 언급한 작품의 육필 원고 뒷면에는 또 다른 시와 관련된 글이 적혀 있는데, 다음과 같은 구절로 시작한다:

> 이런 인사와 안부의 말들은 모두 쓸모없어질 수도 있다

오른쪽 두번째 줄에 덧붙여진 구절은 이러하다:

> 아예 없애버린다면 어떨까

Zmarnowałyby się te przeczucia i układy

duchy tak słabe
zostanie mi
chaos porządku

aż jesteś tak zmieniały

że z jednego ciebie się wyrwać

jak to jest nie być

nosić sobą w sobie

stać sobie na elemencie

albo trwać w trwaniu

obok siebie

skąd ich imiona

121쪽

“너는 왜 편지를 쓰지 않니/ 이따금 행복하게 지내면서”로 시작하는 미완성 작품의 초안(「편집 후기를 대신하여」 참조).

첫번째 두 줄에 검정색 펜으로 테두리를 쳤는데, 이는 두 문장이 제목이라는 의미일 수도 있다.

이 시의 마지막 행은 다음과 같다:

우리 그렇게 자만하지 말자/ 그것을 안다고

그 바로 뒤에는 아래와 같은 문장이 적혀 있는데, 이것은 어쩌면 위의 구절을 대체할 대안일 수도 있고, 아니면 전혀 다른 미완성 시와 관련된 메모일 수도 있다:

순간의 본성은 헤아릴 수 없는 법/ 네 인식의 범위 바깥에 남겨져 있으니

오른쪽 아래 구석 여백에는 다른 펜으로 네 줄의 메모가 수직으로 적혀 있는데, 이것은 두 줄로 이루어진, 끝에서 두번째 연의 또 다른 버전이라고 추측된다:

누군가의 경이로움에 깃든 맑은 공기/ 상황의 벽에는 이따금 선명한 틈새가 있다/ 진짜가 아니라기엔 너무도 또렷하다/ 되새겨보라 누군가 회복한 건강의 의미를

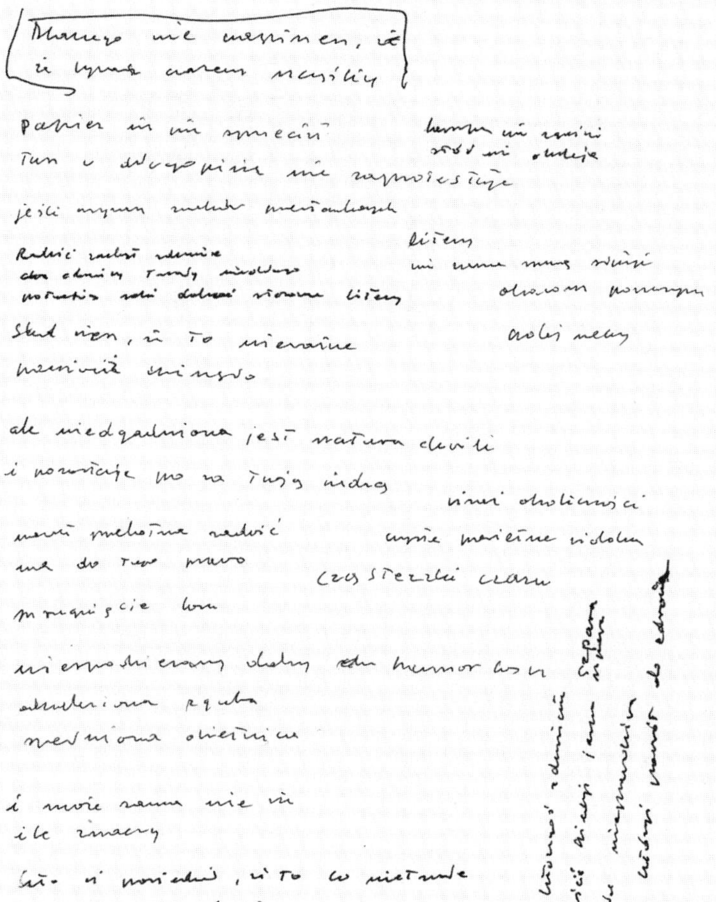
papier się nie śmieci
jeśli
Skąd wiem, że to nieważne
ale niedgadniona jest natura
ile znaczy

123쪽

“너는 왜 편지를 쓰지 않니/ 이따금 행복하게 지내면서”로 시작하는 미완성 작품의 초안 뒷면에는 순간의 본성에 대한 고찰을 담은 작품과 관련된 두 줄의 글귀가 있는데, 아마도 작품의 도입부에 해당되는 것 같다:

> 어쩌면 사라져버리는 것 말고/ 다른 특기가 있을지도 모른다

나머지 세 줄은 작품의 결말로 추측된다:

> 수수께끼가 주어졌음에 기뻐하라/ 풀기 위한 목적은 아니지만/ 아니면 따분하기 짝이 없었을 테니

24.11.1905

Nakładem Cukierni Lwowskiej Jana Michalika w Krakowie

767.

Tę kartkę otrzymał autor od swojej dyplomantki po zakończeniu wspólnych prac nad wystawą Świat w formacie 10 x 14. W wykroju serca fragment tekstu pracy magisterskiej, traktujący o tzw. pocztówkach księżycowych.

Proj. i wyk. Joanna Szklarczuk-Mirecka 1987

Collage

[illegible]
[illegible]

[illegible]
[illegible]
[illegible]
[illegible]

125쪽

이 페이지에 적힌 글들은 여러 편의 작품들과 관련된 것으로 짐작된다. 우선 제일 위쪽에는 두 편의 조각글이 서로 평행을 이루며 적혀 있는데, 그중 왼편에 있는 짧은 글은 다음과 같이 시작된다:

그리고 모든 팔과 다리는/ 분명히 단절되어 있다

오른편에 있는 다소 긴 글은 다음과 같이 시작한다:

단지 쳐다볼 것/ 우리의 품 안으로 어떻게 달려드는지

가운뎃부분에 빗금으로 지워진 세 줄짜리 글귀는 다음과 같다:

모두가 나와 비슷하다/ 앞으로 어떻게 될지 모르니까/ 비록 자기가 안다고 생각할지라도

바로 아래쪽에 적혀 있는 글 중에서 6~8번째 줄에 적힌 내용은 다음과 같다:

해답 없는 수수께끼는 여전히 존재한다/ 가능한 일이다/ 심지어 점점 더 늘어나고 있다

종이의 하단, 줄을 그어 지운 두 단어의 아래쪽은 찢겨 있다.

i wielka moja wiara
naprawdę umarła

to co [illegible]
naprawdę przestało

[illegible] [illegible] i [illegible]

~~[illegible]~~ tylko potem
jak [illegible] się [illegible] w [illegible]
[illegible] myśli własnej
iż [illegible]

~~[illegible]~~ Dalsze już dalne,
nie [illegible]

dotykamy nas samo
na wszystkie nasze przesądy
i tylko czasem
[illegible] nas [illegible]

każdy podobny / do mnie
kto nie wie co dalej
chociaż myśli że wie

Piszemy [illegible] który tylko [illegible]
[illegible]

mam czas, żeby się dziwić

Tylko że poza wciąż są rozległe obszary

które wydają się ciągle te same
[illegible] na odpowiedzi są ~~[illegible]~~ jasne
[illegible]
a [illegible] idzie [illegible],

[illegible] [illegible] już się nie [illegible]

~~[illegible]~~ [illegible]

127쪽

최후의 네안데르탈인에 관한 초고는 2011년 10월에 쓰였다(「편집 후기를 대신하여」 참조). 이 글은 앞뒤 표지가 모두 찢긴 A5 크기 공책의 첫 장(혹은 마지막 장일 수도 있다)에 적혀 있었다. 그 첫 장의 정반대쪽에 해당하는 마지막 장(혹은 첫 장일 수도 있다)을 180도 돌리면, 거기에 딱 한 줄의 문장이 적혀 있는데, 앞뒤의 이 두 페이지를 제외한 공책의 나머지 지면은 텅 비어 있다. 위에서 언급한 한 줄의 문장은 다음과 같다:

너는 망각 속에다 네 보금자리를 만들 것이다

Pozwolono im iść na [illegible] przed nami

Zgodzono się i że siedli w [illegible] miejscach świata

[illegible] wiele podobieństw w środku ciała i twarzy

Zgodzono się nie na [illegible] że [illegible] ogień

że w [illegible] [illegible] ~~[illegible] [illegible] [illegible]~~

obrosnąć się obrazami wieczności

Potem pozwolono im nawet [illegible] samotnie [illegible] po ziemi

i wędrować z [illegible] słów

którzy ostrzegali przed niebezpieczeństwem

który umierał młodo z [illegible] razem

może w tym głosie [illegible] się już jakieś słowo

Pozwolono im nawet grzebać swoich umarłych

i [illegible] kobiety które przyszły z południa

nie zabijać ich i pozwolić im rodzić

tylko prawie jak mamy głaskać je po głowie

może widzieli w swoich przywódcach [illegible]

nic nie mówili ~~[illegible]~~ w zaświaty

i jeśli to możliwe

bez bólu i wiedzy

że się właśnie umiera

że trzeba tu się odwrócić

albo tam [illegible]

[illegible] jaką [illegible]

że nie ~~[illegible]~~ wiedział już która

[illegible] [illegible] nowo

i że nie jest [illegible] z [illegible]

ale ostatni z ostatnich

Jeśli przypadkiem będziesz

przechodzić tamtędy

nie [illegible] wiedzieć

że właśnie tamtędy

Syny obiecują mu przecież

[illegible]

[illegible] w nim

wszędzie w nim

129쪽

이 글은 아마도 최후의 네안데르탈인에 관한 미완성 시의 마지막 부분에 해당하는 초고인 듯하다(「편집 후기를 대신하여」 참조). 주요 부분은 공책에서 발견되었는데, 마지막 부분만 매끄러운 재질의 종이에 별도로 적혀 있었다.

Kiedy umiera [illegible] już w [illegible]

Świat ~~[illegible]~~ ich rozpowiadała
już nie pamiętam [illegible] ich i kiedy

Nie wie, że już ostatni
udało mu się przeżyć wiele wschodów słońca

131쪽

“어쨌든 나는 돌아가야만 한다”로 시작하는, 미완성 시와 관련된 글귀(「편집 후기를 대신하여」 참조). 첫 번째 연의 세번째 행 “그리워하려면 멀리 있어야 하므로”라는 구절은 줄이 그어져 삭제되었다.

Ale cóż muszę wracać
moja poezja karmi się tylko tęsknotą
~~a tęsknić [illegible] z daleka~~
a żeby tęsknić trzeba być z daleka

Moja ~~[illegible]~~ [illegible] w [illegible]
już trochę ~~[illegible]~~ się chwieje
zacząłem widzieć więcej niż powinienem
myśleć więcej niż trzeba
[illegible] i [illegible] przywiały [illegible] z zachodu
[illegible] [illegible] mój [illegible]
~~[illegible]~~ z [illegible] [illegible] w [illegible]
~~[illegible]~~
w [illegible] [illegible] [illegible] na [illegible]

Jak to wyjść ~~[illegible]~~ [illegible] [illegible]
o ~~[illegible]~~ [illegible] [illegible] [illegible]
[illegible] ~~[illegible]~~ [illegible]

편집 후기를 대신하여

『끝과 시작*Koniec i początek*』(1993)을 필두로 비스와바 쉼보르스카Wisława Szymborska가 펴낸 마지막 네 권의 시집은 우연하게도 크라쿠프의 대표적인 문학 출판사인 a5와 즈나크Znak에서 번갈아 출간되었다. 그래서 3년 전 시인이 즈나크 출판사에서 새 시집 『여기*Tutaj*』(2009)를 출간했을 때, 그 후속 시집은 우리 a5 출판사에서 내겠다고 말해주길 내심 기대했다. 그리고 그 바람이 이루어졌다. 쉼보르스카는 이제 막 출간된 시집을 우리 부부에게(그리고 우리의 고양이들에게)* 선물하면서, 그동안 암묵적으로 지켜져왔던 불문율에 따라서 향후 집필하게 될 새로운 시들은 우리 출판사

* 이 글을 쓴 리샤르트 크리니츠키Ryszard Krynicki와 그의 부인 크리스티나Krystyna는 고양이 여러 마리를 키우는, 고양이 애호가로 알려져 있는데, 쉼보르스카와 연관된 일화가 있다. 어느 날, 한 문인이 쉼보르스카에게 '만약 다른 사람, 혹은 다른 사물로 다시 태어날 수 있다면, 어떤 선택을 하겠느냐'고 물었다. 그러자 쉼보르스카는 '크리니츠키 부부의 고양이로 태어나고 싶다'고 대답했다. 또한 평소에 쉼보르스카는 '신이 만든 가장 성공적인 피조물은 바로 고양이'라고 입버릇처럼 말해왔다. 그만큼 고양이에 대한 쉼보르스카의 애정은 매우 각별했다.

에서 출간하겠노라고 약속했다. 그리고 얼마 후 시인은 꽤 단호한 목소리로 이미 생각해둔 제목이 있는데, 바로 "충분하다(Wystarczy)"라고 말했다. 당시만 해도 나는 그 말을 농담으로 들었다. 그런데 2011년 10월, 스웨덴어 번역자인 안데르스 보데고르뎀Anders Bodegårdem, 시인의 법적대리인이자 개인비서인 미하우 루시네크Michał Rusinek와 함께 자코파네Zakopane에 머물고 있는 쉼보르스카를 방문했을 때, 그녀는 같은 이야기를 되풀이했다. 그때 나는 농담과도 같은 그 말에 동의할 수 없었기에 그 이야기가 말 그대로 농담으로 남겨지길 소망했다. 이 책이 비단 나뿐만 아니라 정말 많은 이들에게 너무도 소중한 존재였던 쉼보르스카의 마지막 시집이 되리라고는 꿈에도 생각지 못했기 때문이었다. 하지만 운명은 다른 방향을 선택했고, 시인에게 이 책을 끝마칠 시간조차 허락하지 않았다. 다른 한편으로는 이 책을 뭔가 완결된 결과물로 받아들이는 것이 나로서는 적잖이 힘든 일이기도 했다. 어쩌면 이 책은 시집 『콜론 *Dwukropek*』(2005)에 수록된 마지막 작품 「사실상 모든 시에는」처럼, 이전에 출간된 시집 『순간*Chwila*』(2002)의 제목을 떠올리게 만들었던 그 작품처럼, 마침표로 끝나는 전형적인 마무리가 아니라 콜론(:)을 사용해서 새로운 질문들, 소리 내어 묻지 못한 수많은 물음표를 향해 활짝 열려 있던 그 시처럼, 영원히 열린 결말로 남겨져야 할 숙명을 타고난 것인지도 모른다는 생각이 들었다.

『콜론』은 『예티를 향한 부름*Wołanie do Yeti*』(1957), 『소금*Sól*』(1962)과 더불어 수록작들 가운데 표제작을 선정해 책 제목으로 삼은 것이 아닌, 몇 안 되는 쉼보르스카의 시집 중 하나이다. 훗날 일간지 『가제타 비보르차*Gazeta Wyborcza*』에 실린 미하우 루시네크의 인터뷰를 읽었는데, 생전에 쉼보르스카는 루시네크에게 두 편의 시 — 시작은 했는데, 미처 끝마치지 못한 시와 마무리 부분은 완성했는데, 시작을 제대로 못한 또 다른 시 — 에 관한 이야기를 했다고 한다. 그때 나는 끝맺음은 했지만 첫머리를 미처 쓰지 못한 그 시가 새로운 책의 표제작 「충분하다」가 아니었을까, 라는 생각을 잠시 했었다.

운 좋게도 완성된 상태로 남겨진 육필 원고(메모와 초고를 포함해서)는 대부분 이 책에 수록되었고, 그 시들은 서로 유기적으로 연결된다고 판단된다. 하지만 시작은 해놓고, 미처 끝내지 못한 시들이 더 많았다. 만약 그중 일부만이라도 끝마쳤더라면, 이 시집은 『끝과 시작』처럼 열여덟 편을 수록하거나, 혹은 『여기』처럼 열아홉 편을 수록한 시집이

되었을지도 모른다. 남겨진 육필 원고 중에는 거의 완성 단계에 이른 시들도 있었는데, 그 예로 다음과 같은 시는 어쩌면 본문에 수록하는 게 마땅하리라.

곤충들
Owady

그들은 네가 멀리 있어도 가까이에서 너를 본다
혹은 가까이 있어도 멀리서 너를 본다

피와 육신의 내음을 감지한다
존재하는 것 외에는 아무런 사명도 없다
너는 그들에게 아무것도 아니다
혹은 정복할 수 없는 아주 작은 공간의 일부일 뿐

그들에게 강요된 배역은
스스로 그들의 역할을 연기하는 것

생(生)이 그들 앞에 던져졌으니

뭔가 아주 중요한 일이 주어진 셈

하지만 1분은 영원의 일부이다

이 시는 문장부호들이 누락되어 있고, 마지막 행이 채 마무리되지 못한 관계로 본문에 수록되지 못했다. 다른 예를 들어보자.

소설
Powieść

그를 사랑에 빠지게 하자, 단지 그 자신이 아닌 누군가와
비록 짝사랑에 불과할지라도

너의 이야기는 좋게 끝날 수도, 나쁘게 끝날 수도 있다
지혜로운 누군가 말했듯
현자(賢者)는 여전히 존재하므로
단지 어느 곳에서 멈추느냐에

모든 것이 달려 있는 법
그가 자신에 관해 밤낮으로 고민하지 말기를

그들에게 허락하라, 인생을
그리고 조금도 바보스럽지 않은 생각들을

그들은 완벽하게 구별되고
묘사되고 정의된다
절대로 그들을 가리켜 '군중'이라 일컫지 않는다

독자는 그들에 대해 염려해야 한다

아마도 그는 ______ 으로 인해 절망에 빠져 있는지도 모른다
인생에서 그걸 피할 길은 아예 없으니.

그가 자신에게서 몰아낼 수 있기를 말과 생각들을
나머지 분비물들을. 치명적인 병을 앓고 있는 그동안만이라도

운명의 손가락이 야수의 발톱에 의해 끝장나기를
알파벳에는 알파와 오메가만 있는 게 아니므로.

이 시의 경우는 결말이 매우 명확하다. 다만 문장부호가 좀더 분명히 명기되어야 하고, 쉼보르스카 시학에서 특징적으로 나타나는 고유한 소리나 리듬을 구현하기 위해 단어나 구절 몇 군데를 조금 손볼 필요가 있지 않았을까 싶다.

제목이 붙여지지 않은 또 다른 시가 한 편 있는데, 나의 직감은 이 시를 「소설」 바로 옆에 배치하도록 했다. 왜냐하면 두 편의 시가 서로 밀접하게 연관되어 있다는 생각이 들었기 때문이다.

유머와 자비는 썩 잘 어울리는 한 쌍

~~그들은 오래전에 서로 결혼을 했지만~~

유머는 자비를 배신하지 않고, 자비 또한 유머에게 충실하다

붙어 지내는 걸

그들은 함께 일하는 걸 좋아한다 그래야 행복하니까

자비는 고정적인 직업을 갖고 있지만, 유머는 잡다한 일들을 되는대로 한다

하지만 때로는 자비보다 더 많은 돈을 번다

서로 헤어져 지내야만 할 때　　그들의 잘못이 아님에도

서로를 몹시 그리워한다　　이따금 오랫동안 떨어져 지내야만 할 때

서로 헤어져 지내야만 할 때—부디 그리 길지 않기를 바라 139
지만—
세상은 즉시 묘사가 불가능해진다.

이 원고에 문장부호를 보완하고 적절한 제목을 골라 붙인 뒤, 시인이 남긴 두 가지 버전 가운데 하나를 결말로 선택해보면, 다음과 같은 한 편의 시가 탄생될 것이다.

유머와 자비
Humor i litość

유머와 자비는 썩 잘 어울리는 한 쌍.
유머는 자비를 배신하지 않고, 자비 또한 유머에게 충실하다.
그들은 함께 붙어 지내는 걸 좋아한다, 그래야 행복하니까
자비는 고정적인 직업을 갖고 있지만, 유머는 잡다한 일들을
되는대로 한다,
하지만 때로는 자비보다 더 많은 돈을 번다.
그들의 잘못이 아님에도

이따금 오랫동안 떨어져 지내야만 할 때,
세상은 즉시 묘사가 불가능해진다.

그러나 어떤 버전도 우리가 임의로 선택할 수는 없는 노릇이다. 왜냐하면 시인이 궁극적으로 어떤 선택을 했을지는 아무도 단언할 수 없기 때문이다. 그러므로 우리가 할 수 있는 건 그저 각자 상상해보는 것뿐이다. 하긴 바로 이런 점이 내가 시를 사랑하는 이유이기도 하지만.

시작만 해놓고 마무리를 하지 못한 또 다른 시들 가운데 하나는, 열 줄로 구성된 확실한 도입부와 「곤충들」의 한 구절을 연상시키는 상당히 명확한 클라이맥스로 이루어진 다음 시이다.

문제
Materia

그것은 두려움에 떨면서 시작되었다 ____
그러고는 여기저기서 광폭하게 날뛴다.

기계적인 작동 원리를 고안해내고는
이제 스스로 질문을 던진다
이것이 계획에 포함된 일이었던가
다수의 존재에게 호의를 보이다가 하찮은 이유로 물러선다
그들에게 옷을 입혔다가 벗겼다가
스스로에게 묻는다
그러다 살아 움직이게 되면
심지어 얼음과 별들의 운동까지 파고든다
[……]
현존과 증식 말고는 아무런 임무도 맡지 않았다

반면에 다음에 소개하는 또 다른 시의 경우, 쉼보르스카가 썼다가 줄을 그어 지워버린 시 「장화 신은 조약돌」과 상당한 연관성을 갖고 있다. 만약 이 시에 제목이 붙여졌다면, 여기서 의미하는 게 개별적인 성운을 말하는지, 아니면 우주 전체를 지칭하는 것인지 보다 쉽게 이해될 수 있었을 것이다. 또한 제목 외에도 일곱째 행과 마지막 행의 몇몇 대목에서 구체적인 핵심어가 누락되어 있다.

너의 모든 블랙홀에 인사를 전한다
난 네게 묻고 싶은 게 참 많다
하지만 알고 있다
너는 좀처럼 답장을 쓰지 않는다는 걸
너의 무섭도록 먼 거리와
너의 무한함에 인사를 전한다
우리의 접촉은 단지 (?) 위에 달려 있다
네가 때때로 빛을 내뿜으면 나는 그런 너를 바라본다는 것
하지만 너는 알고 있다
그 어떤 ~~한 점의~~ 구름도 너의 (?)을 가릴 수 없다는 걸

어쩌면 일곱째 행에는 "~위에"에 해당하는 전치사 nad 대신 "~라는 사실에"라는 의미의 전치사구인 na tym을 넣을 생각이었는지 모른다. 반면에 마지막 행의 경우는 여러 차례 반복해서 읽어보니 "너의(twój)"라는 구절 다음에는 "광활함(ogrom)"과 같은 단어가 오든지, 아니면 소유격 "너의" 대신에 목적격인 "너를(cię)"로 대체되었을 수도 있겠

다는 생각이 든다.

『충분하다』의 본문에 수록된 시들은 쉼보르스카가 직접 타자기로 친 자신의 원고를 미하우 루시네크에게 컴퓨터 파일로 작업해달라며 전달한 순서에 따라 배열되어 있다 (2010년 10월 23일—「얼마 전부터 내가 주시하고 있는 누군가에 대하여」; 2010년 12월 1일—「어느 판독기의 고백」「그런 사람들이 있다」「사슬」「공항에서」; 2011년 4월 10일—「강요」「누구에게나 언젠가는」「손」; 2011년 5월 7일—「거울」; 2011년 9월 6일—「내가 잠든 사이에」; 2011년 10월 27일—「상호성」「나의 시에게」; 2011년 11월 2일—「지도」).

시인이 남긴 육필 원고를 소개하는 과정에서도 나는 앞서 언급한 것과 유사한, 시간 순서에 따른 배치 원칙을 고수하고자 노력했다. 하지만 대부분의 경우 내 고유한 직감에 의지할 수밖에 없었고, 그로 인해 적지 않게 나 자신에 대해 실망하기도 했지만 말이다. 그리하여 이미 완성된 시들—예를 들어 「어느 판독기의 고백」「내가 잠든 사이에」「나의 시에게」와 관련된 메모들을 가장 먼저 배치하기로 했다. 그러고 나서 내 자의적인 판단으로 거의 완성되었다고 여겨지는 시들, 그러니까 「곤충들」「문제」「무제:

너의 모든 블랙홀에 인사를 전한다」「소설」「무제: 유머와 자비는 썩 잘 어울리는 한 쌍」「너는 왜 편지를 쓰지 않니, 이따금 행복하게 지내면서」와 같은 시들을 뒤이어 소개했다. 그러고 난 뒤 그 밖의 여러 시들과 관련된 다양한 메모들을 싣고, 마지막으로 최후의 네안데르탈인에 관해 쓴 초고(「어느 판독기의 고백」과 대구를 이루는 시이자 동시에 정확히 언제쯤 쓰였는지 짐작할 수 있는 유일한 시. 왜냐하면 내가 자코파네로 쉼보르스카를 찾아갔을 때, 시인이 이 시에 대해 언급했기 때문이다)를 수록하게 되었다.

우리보다 앞서 오랫동안 존재하도록 허락받았다
지구의 방방곡곡에서 살아가도록 승인받았다
이마와 얼굴의 골격에서 많은 유사점이 있다고 판단되었다
아무런 망설임도 없이 불을 발견했다고,
혹독한 기후 속에서 ~~동물의 가죽을 입고 다녔다고~~ 인정받았다
동물의 가죽으로 몸을 감쌌다고

그러고 나서 그들은 오랫동안 고독하게 지구 위를 방랑하도록 목구멍에서 목소리를 뽑아내도록 허락받았다

위험에 대해 경고를 보내고
누군가와 함께 있음에 기쁨을 표현할 수 있게
어쩌면 그 목소리 속에 단어가 섞여 있었을지도 모른다
심지어 죽은 이들을 땅에 묻을 수 있도록
남쪽에서 온 여인들을 임신시킬 수 있도록 허락받았다
그녀들을 죽이는 대신 출산을 허용하도록
우리의 손과 거의 똑같은 손으로 그녀들의 머리를 쓰다듬도록
어쩌면 그들은 꿈속에서 무리의 지도자를 봤을지도 모른다
그들은 내세의 존재를 ~~희망을 갖고~~ 믿지 않았을지도 모른다

그리고 만약 가능하다면
고통도 인식도 없이
죽음을 맞이한다

여기에 매장되든지
아니면 저기로 달아나든지

그는 자기 어머니가 누군지 모르기에
수많은 그의 어머니들이
그를 새롭게 태어나게 해줄 것을 소망한다

그는 여럿 가운데 아무나가 아니라
마지막 중에서도 최후의 1인이다

만약 당신이 우연히
그쪽을 지나친다면
당신은 모를 것이다
그게 바로 그쪽이란 걸

꿈이 결국 그에게 내세를 약속했으니

그래서 그는 깊은 잠에 빠진다
깊은 잠에 빠진다

죽어가면서 그는 이제 내세를 믿는다

죽음이 ~~어딘가에서~~ 그들을 갈라놓았지만
그는 기억하지 못한다 언제 어디서 얼마나 많은 숫자였는지

그는 모른다 자신이 마지막이란 걸
무수히 많은 여명의 시간 동안 자신이 가까스로 살아남았다는 걸

멸종된 네안데르탈인의 세계와 판독기의 세계 사이에서, 우주의 수많은 블랙홀과 곤충들의 마이크로코스모스 사이에서 미처 완결되지 못한 이 책의 시간과 공간은 끊임없이 확장되고 있다.

다음에 소개하는, 채 완성되지 않은 또 한 편의 시가 언제 쓰였는지는 알 수 없지만, 아무튼 나는 이 작품을 제일 마지막에 수록하기로 결정했다. 시인의 가장 사적인 고백처럼 느껴졌기 때문이다. 하지만 줄을 그어 삭제한 시어 다음에 이어지는 마지막 구절은 끝내 필체를 알아볼 수가

없었다.

어쨌든 나는 돌아가야만 한다
내 시의 유일한 자양분은 그리움
그리워하려면 멀리 있어야 하므로

공산주의에 대한 내 믿음은
이미 흔들렸다
나는 내게 허락된 것보다 더 많은 걸 알고
필요한 것보다 더 많은 걸 생각하기 시작했다
그리고 그때 서방에서 한 시인이 왔다
내게서 경탄을 불러일으켰던 시인이
나는 거대한 희망을 품은 채 그의 말을 기다렸다
요란한 박수를 받으며 그가 연단에 섰다

그것은 생각하는 인간이 쓴 시였다
아무런 구속도, 제약도 받지 않은
그의 ~~시야(視野)~~에 관한 (…?)

미하우 루시네크의 도움이 없었더라면, 필시 훨씬 더 많은 단어와 구절들을 읽어낼 수 없었을 것이다. 그렇기에 그의 도움에 진심으로 감사를 표한다.

리샤르트 크리니츠키*

* Ryszard Krynicki: 시인이자 a5 출판사 편집주간.

"이미 충분합니다"—시인이 건네는 따뜻한 작별 인사

2007년 7월, 한국의 독자들에게 첫선을 보인 『끝과 시작 *Koniec i początek*』은 폴란드가 낳은 거장, 비스와바 쉼보르스카(Wisława Szymborska, 1923~2012)가 1945년부터 2005년까지 출간한 총 열한 권의 정규 시집에서 170편을 엄선하여 수록한 시선집이다. 존재의 본질을 향한 '열린 시선'을 고수하면서 지극히 평범하고 일상적인 대상에서 삶의 비범한 지혜를 캐내는 쉼보르스카의 독특한 시학은 시공을 초월하여 독자들에게 많은 사랑을 받았다. 그 후 시인은 두 권의 시집을 더 출간하고, 조용히 우리 곁을 떠났다.

이 시집은 쉼보르스카가 펴낸 마지막 두 권의 시집 『여기*Tutaj*』(2009)와 『충분하다*Wystarczy*』(2012)의 수록작 전체를 번역해 묶은 것이다. 쉼보르스카는 86세 고령에 열두번째 시집 『여기』를 출간한 직후, 마치 농담처럼 자신의 다음 시집 제목은 "충분하다(Wystarczy)"로 정했다고 선언했다. 어쩌면 그때 시인은 알고 있었던 듯하다. 자신이 시에서 그토록 자주 언급한, 예측하기 힘든 자연의 섭리가 언제든 자신을 덮쳐와 "충분하다"라고 속삭일 수 있다는 사실을. 예감은 적중했다. 삶의 마지막 순간까지 펜을 놓지 않고 창작열을 불태웠지만 병마가 찾아왔고, 시인에게는 마지막 시집 『충분하다』를 마무리 지을 시간이 허락되지 않았다. 결국 『충분하다』는 시인이 생을 마감한 뒤, 미완성 육필 원고가 첨부된 채 유고 시집의 형태로 세상에 나왔다.

이 두 시집에서 우리는 지금까지 알고 있던, 익숙한 쉼보르스카의 사유, 그녀가 즐겨 다루던 모티프들을 변함없이 만날 수 있다. 하지만 늘 그래왔듯이 친근한 주제, 익숙한 모티프를 시 속에 담아내는 방식은 여전히 새롭고 독창적이다. 폴란드의 문학평론가인 스타니스와프 발부스Stanisław Balbus 교수에 따르면 쉼보르스카는 이미 등단 초기부터 자신이 하고 싶은 이야기가 무엇인지, 전달하고 싶은 메시지가 무엇인지 명확히 인지하고 있었고, 평생 일관되게 외길을 걸어온 시인이었다. 사물이나 현상을 함부로 재단하거나 단정 지으려 하지 않고, 고정관념을 과감히 벗어던진 채, 투철한 성찰의 과정을 거쳐 대상의 본질에 접근하고자 했던 시인의 고유한 개성은 이 후속 시집에서도 생생하게 빛나고 있다.

쉼보르스카의 시를 이루는 구심점은 바로 존재의 본질과 참된 가치를 놓치지 않고 포착하려는 '심안(心眼)'에 있으며, 그렇기 때문에 시인의 작품 세계는 근본적으로 '시선의 힘'에 크게 의지하고 있다. 평범하고 일상적인 대상을 향해 따뜻한 시선을 던지는 것, 사물이 지닌 본연의 가치를 놓치지 않고 주시하는 것, 그것이 쉼보르스카가 꿈꾸는 시인의 진정한 사명이기 때문이다. 세상 만물에 대해 호기심을 잃지 않겠다는 시인의 신념은 기존의 관습이나 편견을 깨끗이 비워낸 '무(無)'의 상태에서 새로운 시각으로 사물을 직시하게 만들고, 상식이나 관습의 명목으로 지나쳐버렸던 생(生)의 수많은 이면들에 눈을 돌릴 수 있게 해준다.

쉼보르스카의 애독자라면, 『여기』를 읽으면서 낯익은 전작들의 이미지를 빈번히 떠올릴 수 있을 것이다. "시 한 편을 완성하기 위해서는 생각을 한 군데로 응집할 수 있는, 길고 치열한 고독의 상태가 필요하다"고 강조했던 시인은 오랜 사색과 고민 끝에 무르익은 열아홉 편의 시들을 또다시 우리 앞에 선보였다. 미사여구나 현학적인 수사 대신 쉽고 단순한 시어로 정곡을 찌르는 언어 감각, 풍자와 아이러니가 결합된 특유의 해학적인 표현 또한 여전하다.

전작들과의 연관성이 두드러진 작품으로는 우선 「암살자들」을 꼽을 수 있다.

몇 날 며칠을 고민한다,
암살을 하기 위해, 어떤 방법으로 죽일 것인지,
어떡하든 많이 죽이기 위해, 몇 명이나 죽일 것인지.
하지만 그 밖에도 자신에게 주어진 음식을 맛있게 먹어치우고,
기도를 하고, 발을 씻고, 새에게 먹이를 주고,
겨드랑이를 벅벅 긁으며 전화 통화를 한다

_「암살자들」 부분 (39쪽)

이 시는 살인이라는 끔찍한 악행을 앞둔 어느 암살자가 일상에서 기계적으로 행하는, 평범하고 소소한 행위들을 구체적으로 나열하고 있다. '악인'이라 낙인찍힌 사람들 또한 어떤 의미에서는 우리와 다를 바 없는 평범한 인간일 수 있다는 이율배반적인 사실을 상기시킨다는 점, 이를 통해 인간의 내면에 잠복해 있는 악의 본성을 들추어내고 있다는 점에서 시인의 다른 시 「테러리스트, 그가 주시하고 있다」나 「히틀러의 첫번째 사진」 같은 작품들과 연관성이

있어 보인다.

이처럼 쉼보르스카는 독자에게 익숙한 전작의 이미지를 적절히 활용하여 의미 전달의 효율성을 극대화하고 있다. 지나간 작품에서 영감을 가져와 현재의 작품에 자극을 주고, 영향을 미치게 함으로써 '옛 것과 새 것'의 교묘한 만남, '전통과 혁신'의 독창적인 접합을 시도하고 있는 것이다. 하지만 '자기 반영성(self-reflexiveness)'에 뿌리를 둔 이러한 시도를 단순히 '자기복제'나 '매너리즘적 수사'로 치부할 수 없는 것은 그 구조와 짜임새가 퍼즐처럼 치밀하기 때문이다. 선행 텍스트와 조응하는 '상호텍스트성(intertextuality)'을 추구하며 연계성을 부각하기도 하고, '거리두기'를 통한 비판적 변용과 풍자를 시도하기도 하면서 시인은 익숙한 모티프를 창조적으로 변주하는 데 주력한다.

일찍이 쉼보르스카는 「모래 알갱이가 있는 풍경」(1986)에서 대상에 대한 획일적 인식을 주체의 자율성으로 착각하는 인간 중심적인 편견을 거부하고, 만물과 현상에 대해 철저하게 다원주의적 상대론을 견지할 것을 촉구한 바 있다.

우리는 그것들을 모래 알갱이라 알고 있지만
그 자신에게는 알갱이도 모래도 아니다.

[……]

우리가 쳐다보고, 손을 대도 아무렇지 않다.
시선이나 감촉을 느끼지 못하기에.
창틀 위로 떨어졌다 함은 우리들의 문제일 뿐,
모래 알갱이에겐 전혀 특별한 모험이 아니다.
어디로 떨어지건 마찬가지.
벌써 착륙했는지, 아직 하강 중인지
분간조차 못하기에.

_「모래 알갱이가 있는 풍경」 부분 (『끝과 시작』, 276쪽)*

신작 「마이크로코스모스」에서도 육안으로는 볼 수 없는 미세한 생명체, 보잘것없는 미물에 대해 어김없이 애정 어린 관심을 피력한다. 또한 인간 중심적인 잣대, 인위적인 구분을 과감히 탈피하고, 사물의 본성과 상대적 가치를 인정하고자 하는 특유의 생태학적 상상력, 포괄적이고 화합적인 사고를 읽을 수 있다.

* 이 글에서 인용한 『끝과 시작』은 2007년 문학과지성사에서 출간된 한국어판 『끝과 시작』을 말한다.

너무 많다고 말하는 건, 충분한 표현이 아니다.
현미경의 성능이 강력할수록,
더욱 정확하게, 극성스럽게 증식된다.

필요한 내장 기관도 갖고 있지 않다.
성별이 무엇인지, 어린 시절과 노년기가 무엇인지도 모른다.
심지어 자신들이 존재하는지, 그렇지 않은지조차 알지 못한다.
하지만 우리의 삶과 죽음을 결정하는 건 그들이다.

일부는 일시적인 정지 상태를 유지하고 있다,
그들에게 일시적이란 게 과연 어떤 의미인지 알 순 없지만.

[……]

바람에 실려 온 먼지 조각은 그들 앞에선
깊은 우주 공간에서 날아온 별똥별,
손가락의 지문은 광활한 미로,
그곳에서 그들은 집결한다,
자신들만의 무언(無言)의 퍼레이드와
눈먼 일리아드, 그리고 우파니샤드를 위해.

_「마이크로코스모스」 부분 (31~32쪽)

쉼보르스카는 「박물관」(1962), 「메모」(1962), 「인구 조사」(1967), 「공룡의 뼈」(1972), 「거대한 숫자」(1976), 「그리스 조각상」(2005) 등 일련의 전작을 통해 모진 세월의 풍파 속에서도 꿋꿋하게 남겨진 존재의 다양한 '흔적들'에 주목해왔다. 그녀의 시에서 이러한 흔적들은 "Non omnis moriar"*를 외치며 시간의 유한성을 상대로 무모한 도전을 지속한다.

첫번째 진열대엔
돌멩이가 놓여 있다.
우리는 그 돌멩이에서
무언가에 긁힌 듯
희미하게 끼적거린 미세한 자국을 본다.
어떤 이들은 말한다.
우연이 정교하게 빚어낸 작품일 뿐이라고.

_「메모」 부분 (『끝과 시작』, 111쪽)

* 고대 로마의 시인 호레이스(기원전 65~8)의 발라드에서 인용한 구절로 "내 전부가 죽어 없어지는 것은 아니다"라는 뜻이다.

고향 산기슭에서 찍찍대는 생쥐 한 마리,
인생이란 결국 그 생쥐가 모래 위에 발톱으로 끼적거린
몇 개의 희미한 흔적과도 같은 것.

_「거대한 숫자」 부분 (『끝과 시작』, 222쪽)

전설만을 남긴 채 바닷속으로 사라져버린 고대 문명을 소재로 한 「아틀란티스」(1957)에서도 쉼보르스카는 사라진 존재의 흔적을 좇으며 '생성과 소멸'이라는 인간의 피할 수 없는 숙명을 환기시켰다. 소멸하는 유기체의 이미지를 끊임없이 재현함으로써 그들의 존재 가치를 재인식하는 동시에 필멸하는 존재인 인간의 한계를 일깨우고자 했던 것이다.

그들은 존재했거나 존재하지 않았다.
섬에서 혹은 섬이 아닌 곳에서.
대양 혹은 대양이 아닌 것이
그들을 집어삼켰거나 혹은 집어삼키지 않았거나.

_「아틀란티스」 부분 (『끝과 시작』, 62쪽)

삶을 시작하는 순간, 이미 소멸을 선고받은 인간은 필연적으로 불멸하고자 하는 의지를 갖는다. 육신이 언젠가는 죽어 없어진다는 것을 알기에 인간은 운명에 저항해서 불멸의 가치를 지닌 무언가를 남겨놓으려는 욕구를 품게 되는데, 이러한 욕구가 바로 예술의 기원이다.

> 쓰는 즐거움.
>
> 지속의 가능성.
>
> 하루하루 죽음을 향해 소멸해가는 손의 또 다른 보복.
>
> **_「쓰는 즐거움」 부분 (『끝과 시작』, 122쪽)**

소멸된 존재가 남긴 생존의 흔적들은 역설적으로 삶의 매 순간에 깃들어 있는 죽음의 가능성을 끊임없이 반추한다. 그렇기 때문에 「과장 없이 죽음에 관하여」(1986)에서 시인은 다음과 같이 단언한다. "어차피 삶에서는/ 단 한 순간의 불멸도/ 기대할 수 없다"(『끝과 시작』, 281쪽).

열두번째 시집 『여기』에 수록된 「유공충」과 「형이상학」 또한 이러한 주제의 연장선에 있다. 이 두 편의 시는 생성과 소멸이라는 불멸의 테마를 나름대로의 방식으로 변주하고 있다는 점에서 서로 절묘하게 대구를 이룬다.

자, 그러면 이 유공충을 예로 들어보자.

이곳에서 살았다, 왜냐하면 존재했으니까, 그리고 존재했다,
왜냐하면 살았으니까.

_「유공충」 부분 (34쪽)

존재했다, 그리고 사라졌다.

[……]

결코 되돌릴 수 없는, 정해진 순서에 따라서,

왜냐하면 이건 돌이킬 수 없는 게임의 법칙이므로.

굳이 글로 쓸 필요조차 없는 진부한 결론이므로,

[……]

그러니까 뭔가가 명백히 존재했다는 것,

그것이 사라지기 직전까지는.

_「형이상학」 부분 (62쪽)

단세포동물인 유공충은 고생대 말기와 신생대 특정 시기에 폭발적으로 늘었다가 짧은 시간에 멸종된 생물이다. 유공충의 화석인 화폐석은 이 시대의 표준화석으로 인정 받는다. 여기서 유공충은 살아 있음의 흔적을 통해 자신의 존재

를 증명하고자 하는 생명체의 본질적인 욕망을 반영하는 표
상이다.

「형이상학」에서는 육안으로 확인할 수 있는 가시적인 흔적 대신, 만고의 법칙을 내세운다. 뭔가가 존재했기에 사라졌고, 사라지기 전까지 뭔가가 분명히 존재했다는, 진부하기 짝이 없는 결론이 그것이다. 존재의 소멸에서 존재의 정체성을 발견한다는 점에서 불교의 공(空) 사상이 떠오르기도 한다.

'꿈'의 모티프 역시 쉼보르스카의 시에서 빈번하게 발견되는 소재이다. 시인에게 '꿈'은 삶의 모호함에 대한 일종의 확인이면서 동시에 존재에 대한 근원적인 의문을 내포한 몽환적인 세계를 의미한다고 볼 수 있다. 이미 「꿈」(1962), 「거대한 숫자」(1976), 「죽은 자들과의 모의」(1986), 「현실」(1993), 「수화기」(2002) 등의 작품들에서 쉼보르스카는 현실과 환상, 의식과 무의식의 경계선이라고 할 수 있는 '꿈'을 매개로 망자의 환영과 소통하고, 교감을 나누는 내밀한 시도를 묘사했다.

나의 꿈들—꿈속의 인구밀도는 생각보다 낮은 편이다.
사람들의 무리나 시끌벅적한 소동보다는 텅 빈 고독이 더 많

은 자리를 차지한다.

아주 가끔씩 오래전에 죽은 사람이 들를 때도 있다.

그 사람은 하나밖에 없는 손으로 문고리를 돌린다.

_「거대한 숫자」 부분 (『끝과 시작』, 222쪽)

당신이 어떤 환경에 처했을 때 주로 죽은 사람들이 꿈에 나타납니까?

잠들기 전에 종종 그들을 생각하나요?

누구 얼굴이 제일 먼저 떠오르죠?

매번 같은 사람인가요?

이름은? 성은? 묘지명은? 사망 날짜는?

_「죽은 자들과의 모의」 부분 (『끝과 시작』, 296쪽)

'꿈'이라고 명명된 유예된 시간 속을 떠돌며 망자(亡者)와 접촉한 화자는 잠에서 깨어난 뒤, 현실 속에서 그들의 실체를 생생하게 자각하며 죽음을 간접적으로 체험한다. 이와 같은 죽음의 간접 체험은 쉼보르스카의 후속작들에서도 지속적으로 발견된다.

어두운 터널 속에서 눈빛으로 서로를 비추면서

우리는 미지의 언어로 유창하게 이야기를 나눈다,
그저 아무나가 아닌 죽은 사람들과.

게다가 우리의 의지나
심장의 두근거림, 고유한 취향과는 상관없이
무언가를 향한 뜨거운 욕망에
정신없이 마음을 빼앗기고 만다—
자명종이 울리는 그 순간까지.

_「꿈」 부분 (53쪽)

그러나 아주 이따금
자연이 작은 호의를 베풀 때도 있으니
세상을 떠난 가까운 이들이
우리의 꿈속에 찾아오는 것.

_「누구에게나 언젠가는」 부분 (81쪽)

죽음을 이야기할 때 흔히 사용하는 '영면(永眠)'이라는 표현은 '영원히 깨어나지 않는 깊은 잠'을 뜻한다. 인간이 죽었을 때와 잠들었을 때, 움직이지 않고 눈을 감고 있다는 점에서 외적으로 죽음과 잠 사이에는 긴밀한 유사성이

발견된다. 바꾸어 말하면 '죽음'이란 '깨어날 수 없는 잠'
이고, '잠'이란 '깨어날 수 있는 죽음'인 것이다. 그런 의미에서 본다면 쉼보르스카에게 '잠'은 무의식적인 임종 연습이 아니었을까.

쉼보르스카에게 과거를 환기시키는 매개체인 '기억'은 축복이라기보다는 고통이다. 왜냐하면 존재가 갖고 있는 역동성, 그 유동적인 생명력을 '기억'이라는 창고에 고스란히 저장하는 건 불가능하다는 걸 잘 알고 있기 때문이다. 그렇기 때문에 시인은 「방랑의 엘레지」(1962)에서 기억의 불완전성, 재현 불가능성을 이렇게 노래했다.

> 모든 것이 내 것이지만, 내 소유는 아니다.
> 바라보고 있는 동안은 내 것이지만,
> 기억으로 소유할 순 없다.
>
> 헤아릴 수도, 저장할 수도 없는 풍경들
> 미세한 섬유질이나 모래알,
> 물방울의 개별적인 세밀함은 더한 법.
>
> 나는 나뭇잎의 뚜렷한 윤곽 하나

뇌리에 새기지 못한다.

한 번의 눈짓에 담긴
작별을 내포한 환영의 인사

넘치기도 하고, 모자라기도 한
한 번의 고갯짓.

_「방랑의 엘레지」 부분 (『끝과 시작』, 80~81쪽)

기억으로 환원되는 과정에서 의식의 범주에서 도태되고, 소멸되어버리는 시각적 영상의 한계와 모순에 대한 고찰은 신작 「기억의 초상」에서도 나타난다.

모든 것이 그런대로 잘 들어맞는다.
둥그런 두상, 얼굴의 윤곽, 키, 그리고 실루엣.
하지만 그 사람과 닮지 않았다.
자세가 이게 아니었던가?
색채의 배합이 잘못되었나?

_「기억의 초상」 부분 (48쪽)

이 시는 기억이 인지하는 한계의 저편에 '말줄임표'처럼 생략된 명백한 실체들이 엄연히 존재한다는 사실을 상기시킨다. 삶에서 '과거'란 결국 '기억의 힘'에 의해 존재하기 마련이지만, 실상 기억의 영역 속에서 완벽하게 객관적인 '진실'이란 존재하지 않는다. 쉼보르스카에 따르면 기억이란 망각을 통해 삭제하고, 상상의 힘으로 보완해가면서 우리의 두뇌에서 임의로 재구성된 불완전한 영상에 불과한 것이다. 어떤 기억들은 세월의 흐름 속에 소멸되기도 하고, 어떤 기억들은 인간의 무의식이 개입하는 가운데 삭제되기도 한다.

쉼보르스카는 실패할 수밖에 없다는 걸 뻔히 알면서도 기억이 갖고 있는 근원적인 모순과 한계에서 벗어나기 위해 몸부림치는 인간의 속성을 이렇게 묘사하고 있다.

내가 오로지 기억을 위해, 기억만 품고서 살기를 바란다.
어둡고, 밀폐된 공간이라면 더욱 이상적이다,
하지만 내 계획 속에는 여전히 오늘의 태양이,
이 순간의 구름들이, 현재의 길들이 자리 잡고 있다.

때로는 기억이 들러붙어 있는 것에 진저리가 난다.

나는 결별을 제안한다. 지금부터 영원히.

그러면 기억은 애처롭다는 듯 미소를 짓는다,

그건 바로 나의 마지막을 뜻한다는 걸 알고 있기에.

_「기억과 공존하기엔 힘겨운 삶」 부분 (28~29쪽)

지금 이 순간 내가 바라보고 있는 태양과 구름도 기억의 밀폐된 저장고에 갇히는 순간, 더 이상 그때의 태양이나 구름이 될 수 없다는 사실을 시인은 누구보다 잘 알고 있다. 그럼에도 불구하고, 우리는 끊임없이 과거를 회상하고 반추한다. 생을 마감하는 순간까지 불완전한 기억을 부여잡고 살아갈 수밖에 없는 것이 인간의 숙명이기 때문이다.

「십대 소녀」에서 쉼보르스카는 어린 시절의 '나', 다시 말해 지난날의 자아와 대면한다. 하지만 노령의 전업시인인 현재의 '나'는 잡티 하나 없이 매끄러운 피부에 지금보다 더 큰 눈과 더 기다란 속눈썹을 지닌 그 시절의 '나'를 보면서 친밀감보다는 이질감을 느낀다. 과거의 나를 추억하면서도 감상적인 노스탤지어를 배제하고 있다는 점에서 이 시는 「웃음」(1967)을 연상시킨다.

언젠가 바로 나였던 그 소녀,

나는 물론 그 애를 안다.
소녀의 짧은 생애를 담고 있는
몇 장의 사진을 나는 갖고 있다.
몇 줄의 시구를 쓸 수 있을 만큼
유쾌한 연민도 느끼고 있다.
[……]

네가 왔던 그곳으로
되돌아가는 게 제일 좋을걸.
난 네게 아무것도 빚진 게 없다구.

_「웃음」 부분 (『끝과 시작』, 128~130쪽)

과거의 '나'와 현재의 '나' 사이의 이질적인 간극을 메워 주는 유일한 매개체는 풋사랑의 기억(「웃음」), 혹은 엄마가 '나'를 위해 직접 떠준 목도리(「십대 소녀」)이다. 결국 스스로의 존재를 증명하는 유일한 단서는 나의 자의식이 아니라 타인과의 감정적 교감 혹은 누군가 내게 베푼 사랑의 흔적이라는 점이 흥미롭다. 「십대 소녀」에서 그러한 교감의 흔적은 바로 엄마의 목도리이고, 그 물리적인 증거를 통해 십대의 '나'와 현재의 '나'는 비로소 서로 연결된다.

작별의 인사도 없는 짧은 미소,
아무런 감흥도 없다.

그러다 마침내 그 애가 사라지던 순간,
서두르다 그만 목도리를 두고 갔다.

천연 모직에다
줄무늬 패턴,
그 애를 위해
우리 엄마가 코바늘로 뜬 목도리.

그걸 나는 아직도 간직하고 있다.

_「십대 소녀」 부분 (26쪽)

노벨문학상 수상 직후, 쉼보르스카는 폴란드 국영방송과의 인터뷰에서 자신의 어린 시절을 다음과 같이 회고했다.

"어려서부터 나는 항상 뭔가를 써왔어요. 유쾌한 동시 같은 거였죠. 시를 써서 돈을 벌기도 했어요. 몇 번인가 아버지 마음에 드는 시를 썼더니 용돈을 주셨죠. 단 조건이 있었어요. 반드시 재미있고, 유머러스한 시여야만 했죠. 그러고 보니 아주 어릴 적부터 이미 글쓰기로 돈벌이를 한 셈이네요. 하지만 작가의 길은 내가 세운 목표는 아니었어요. 그렇다고 특별히 다른 꿈이 있었던 것도 아니었죠.

돌이켜보니 나는 평생 별다른 야심 없이 살아왔던 것 같아요. 만약 내게 야망이 있고, 꿈이 있었다면 지금보다 나은 결과를 만들어냈을지도 모르겠네요. 창작에 필요한 특별한 동기를 가지고 있었던 것도 아니고, 앞날을 내다보며 미래의 계획을 세우는 타입도 아니었어요. 물론 사생활에서는 구체적인 계획을 세울 때도 있었지만, 작가로서의 삶에 대해 명확한 밑그림을 그려본 적은 한 번도 없었어요. 그저 시 하나가 완성되었으니 다음번에는 어떤 시를 쓸까 그 생각에만 빠져 지냈지요. 단지 그것뿐이었는데, 여기까지 오게 되었네요."

어려서부터 취미 삼아 글 쓰는 것을 즐겼던 쉼보르스카는 특별히 시인을 꿈꾸거나 시인이 되기 위해 노력을 기울인 적은 없었노라고 털어놓았다. 습작처럼 끼적이던 작품이 우연히 등단의 기회를 얻어 세상의 빛을 보게 되었고, 그렇게 하나, 둘씩 작품을 쓰다 보니 시인이 되었다는 것이다.

「십대 소녀」에서 우리는 서툴고 부족하지만, 글쓰기를 사랑하는 문학 소녀 쉼보르스카의 모습을 엿볼 수 있다.

그 애가 내게 시를 보여준다,
이미 오랜 세월 내가 사용하지 않던
꽤나 정성스럽고, 또렷한 글씨체로 쓰인 시를.

나는 그 시들을 읽고, 또 읽는다.
흠, 이 작품은 제법인걸,
조금만 압축하고,
몇 군데만 손보면 되겠네.
나머지는 쓸 만한 게 하나도 없다.

_「십대 소녀」 부분 (25쪽)

어린 시절 영화 관람과 그림 그리기, 노랫말 쓰기가 취미였던 쉼보르스카는 청소년기에 도스토옙스키의 소설에 매료되어, 열네 살 때 이미 도스토옙스키 전집을 독파했다고 한다. 폴란드 시인 중에서는 낭만주의의 거장 율리우시 스워바츠키(Juliusz Słowacki, 1809~1849), 양차 대전 사이에 활발히 활동했던 볼레스와프 레시미안(Bolesław Leśmian, 1877~1937), 그리고 1980년 노벨문학상 수상자이자 선배 문인인 체스와프 미워시(Czesław Miłosz, 1911~2004)의 작품을 즐겨 읽는다고 고백한 바 있다.

젊은 시절 독일의 철학자이자 심리학자인 카를 야스퍼스의 사상에 심취하기도 했고, 프랑스 사상가 몽테뉴에 대해서도 각별한 애정을 피력했다. 그 밖에 새뮤얼 핍스, 조너선 스위프트, 찰스 디킨스, 마크 트웨인, 라이너 마리아 릴케, 토마스 만*의 작품을 즐겨 읽었으며, 셜록 홈스 시리즈의 애독자이기도 했다. 찰리 채플린의 코미디와 이탈리아 영화감독 페데리코 펠리니의 영화를 자주 감상했고, 렘브란트나 베르메르의 회화를 사랑했으며, 재즈 가수 엘라 피츠제럴드의 열렬한 팬이기도 했다.

시인의 이런 미적 취향과 개인적인 예술적 기호는 스워바츠키에게 바치는 헌시라고 할 수 있는 「우편마차 안에서」(55쪽)나 베르메르의 대표작 「우유 따르는 하녀」를 모티프로 한 「베르메르」(61쪽), 그리고 엘라 피츠제럴드를 소재

* 쉼보르스카는 1967년에 작가에게 헌정하기 위해 「토마스 만Thomas Mann」이라는 시를 쓰기도 했다.

로 쓴 「엘라는 천국에」(60쪽) 등에서도 발견된다.

이 가운데 「베르메르」는 순간의 예술인 '그림'과 시간의 예술인 '문학'의 접목을 시도한 독특한 작품이다.

레이크스 미술관의 이 여인이
세심하게 화폭에 옮겨진 고요와 집중 속에서
단지에서 그릇으로
하루 또 하루 우유를 따르는 한
세상은 종말을 맞을 자격이 없다.

_「베르메르」 전문 (61쪽)

회화는 순간적인 동작을 포착하여, 그것을 정적인 표현 수단인 색채와 선에 의해 공간적으로 정지시켜 놓는 반면, 문학(시)은 대부분의 경우 연속적인 동작을 포착하여 그것을 동적인 표현 수단인 시어의 배열에 의해 시간적으로 진술하게 된다. 즉 화가는 분리되지 않는 어느 한 순간을 선택해서 화폭에 담고, 이를 구성하는 동적인 양태와 움직임들은 베르메르가 재현한, 우유를 따르는 여인의 초상처럼 바로 그 '순간' 속에 집약되게 마련이다. 하지만 문학은 이야기(내러티브)를 통해 시간의 경과를 자연스럽게 펼쳐 보이는 시간의 예술이다.

그런데 이 시에서 쉼보르스카는 회화의 본질적인 특성을 문학의 영역으로 끌어당겨 단선적인 시간의 개념을 초월한 새로운 시간의 패러독스를 펼쳐 보이고 있다. 화폭 속에서 재현된 우유를 따르는 행위는 지금 이 순간에도 어디선가 끊임없이 지속되고 있는 일상적인 삶의 모습이다. 시인은 일상이라는 반복적인 틀 안에서 잇달아 반복되는 동적인 순간들, 그 '순환성'에 주목하면서 바로 그 순환성 덕분에 세상은 종말을 맞을 자격을 상실했노라고 단언한다. 베르메르의 회화에서 모티프를 가져와 삶의 궤적 속에서 한 점으로 포개지는 어떤 순간, 그 응축된 단면을 텍스트로 재현함으로써 시간의 영속성을 드러내 보이는 데 성공한 것이다.

지상의 무수한 시간 가운데 영속성을 획득한 찰나의 순간에 대해 시인은 이미 전작 「순간」에서 다음과 같이 묘사한 바 있다.

시선이 닿는 저 너머까지
이곳을 송두리째 지배하는 건 찰나의 순간.
지속되기를 모두가 그토록 염원했던

지상의 무수한 시간 중 하나.

_「순간」 부분 (『끝과 시작』, 372쪽)

널리 알려져 있다시피 쉼보르스카의 시에는 다양한 회화적 모티프들이 등장한다. 중세 시대 세밀화에서부터 르네상스 회화, 플랑드르 회화, 그리고 서양의 인상주의 미술에 상당한 영향을 끼친 일본 목판화에 이르기까지 동서양의 그림, 건축, 조각 등을 직접 인용하거나 그 주제나 이미지, 느낌, 고유한 표현방식 등을 다양한 양상으로 전이시킨 작품이 상당수에 이른다. 「루벤스의 여인들」(1962), 「사진첩」(1967), 「풍경」(1967), 「꿈에 대한 찬사」(1972), 「자살한 사람의 방」(1976), 「중세 시대 세밀화」(1976), 「다리 위의 사람들」(1986) 등이 그 대표적인 예다.

그해 겨울, 별이 지다

2012년 2월 1일, 쉼보르스카가 향년 89세로 세상을 떠났다.

생전에 쉼보르스카는 언론 매체와의 인터뷰나 강연 요청

에 좀처럼 응하지 않는 작가였다. 시인은 미디어로부터 인
터뷰 요청이나 사생활에 대한 질문을 받을 때마다 다음과 같이 말하곤 했다.

"자신에 대해 공개적으로 떠들어대는 것은 결국 스스로를 궁핍하게 만든다."

"나는 자신에 관해 남에게 말하는 것에 대해 거부감을 갖고 있는 구식 사람이다. 아니 어쩌면 반대로 아주 아방가르드한 사람일지도 모른다. 다음 시대가 되면 대중 앞에서 자신을 감추는 '신비주의'가 하나의 유행이 될지도 모르니까."

"내 개인적인 경험을 시 속에 담아내려는 시도를 할 때도 있다. 그러한 시도는 때로는 성공할 때도 있고, 실패할 때도 있다. 하지만 그 경험들이 무엇인지 일일이 밝힐 필요는 없다고 생각한다. 그것은 내 역할이 아니므로."*

* Anna Bikont, Joanna Szczęsna, *Pamiątkowe rupiecie przyjaciele i sny Wisławy Szymborskiej*(Warszawa: Proszyński i S-ka, 1997), p. 21.

쉼보르스카는 판매부수를 늘리기 위한 목적으로 상업적인 프로모션이나 대형 출판 이벤트를 벌이는 세태에 관해서도 반대 입장을 고수했다. 노벨문학상 수상 이후 여러 출판사에서 그동안 출판된 시들을 묶어 새로운 판본으로 출간하자는 제안을 했지만, 시인은 단호하게 거절했다. 2002년에 시집 『순간*Chwila*』이 출간되었을 당시 편집자에게 다음과 같은 헌사를 남긴 것은 유명한 일화이다.

> "만일 그때 그 프로모션만 아니었더라면 더욱더 컸을 감사의 마음을 전하며."*

작가나 시인들에게 공인으로서의 역할을 요구하고, 그들이 언론 매체에 얼굴을 비추는 것을 당연시 여기는 현대 사회의 풍토에 대해 쉼보르스카는 다음과 같이 역설했다.

> "모두가 시대의 흐름을 따라야 한다고는 생각지 않습니다. [……] 대중 앞에 자주 얼굴을 비추거나 끊임없이 인터뷰를

* Izabela Kostun, "Wisława Szymborska - więcej niż wiersze"(2009.05.10), http://www.wiadomosci24.pl/artykul/wisława_Szymborska

하고 사진을 찍는 것 말고, 다른 일에 더욱더 충실해야 하는 직업도 있으니까요. 작가도 그중 하나라고 생각합니다."**

일찍이 쉼보르스카는 자신이 상상하는 독자들의 모습에 대해 다음과 같이 고백한 바 있다.

"내가 생각하는 내 책의 독자는 남자건 여자건 간에 아무튼 인생에서 크게 성공한 상류층의 모습은 아니에요. 수영장과 분수대, 온갖 편의시설이 갖추어진 호화로운 저택에 앉아 내 시집을 읽는 독자의 모습은 왠지 상상이 가질 않아요. 아무리 애를 써도 그 모습이 구체적으로 떠오르지 않거든요. 반면에 내 머릿속에 선명하게 그려지는 독자의 이미지는 책을 사기 위해 서점에 갔지만, 일단 지갑에 돈이 얼마나 남았는지 다시금 확인해봐야 하는 그런 평범한 사람들이에요. 돈이 많이 없다는 것을 깨닫고는 망설이지만, 그래도 꼭 읽고 싶어 끝내 책을 사들고 집으로 돌아가는 사람들. 그런 사람들이 바로 내가 상상하는 내 책의 독자들입니다."***

** 1996년 10월 3일, 폴란드 국영방송인 TVP 1의 특집 대담 프로그램 중에서. 〔Stanisław Balbus & Dorota Wojda, *Radość czytania Szymborskiej*(Kraków: Znak, 1996), pp. 23~24.〕

평소 죽음을 자연스러운 삶의 과정으로 인식하고, 죽음에 대한 관조적인 성찰을 즐겼던 시인은 크라쿠프에 있는 자신의 자택에서 잠을 자듯 평화롭게 눈을 감았다고 한다. 쉼보르스카의 법정대리인이자 개인비서였으며, 야기엘론스키 대학교 폴란드어문학부 교수이기도 한 미하우 루시네크Michał Rusinek는 고인의 유품을 정리하던 중 발견된 노트에 다음과 같이 적혀 있었다고 전했다.

> "죽음에 대해 쓰는 것은 쉽지만 삶에 대해 쓰는 것은 훨씬 어렵습니다.
>
> 삶에는 무수히 많은 세부 항목이 있기 때문입니다. 포괄적인 것은 결코 흥미로울 수 없습니다."

쉼보르스카는 세상을 떠나기 얼마 전, 지인들에게 유언처럼 다음과 같은 말을 전했다.

*** 1996년 10월 3일, 폴란드 국영방송인 TVP 1의 특집 대담 프로그램 중에서, 앞의 책, P.23.

“나는 참으로 길고, 행복하고, 흥미로운 생(生)을 살았습니다. 그리고 유달리 인복(人福)이 많았습니다. 이러한 사실에 대해 운명에 감사하며, 내 삶에서 일어났던 모든 일들에 화해를 청합니다.”

2012년 2월 9일 오후 5시, 크라쿠프의 라코비츠키Rakowicki 국립묘지에서 폴란드의 국민 배우인 안제이 세베린Andrzej Seweryn의 사회로 진행된 쉼보르스카의 장례식에는 브로니스와프 코모로프스키Bronisław Komorowski 당시 폴란드 대통령과 도날트 투스크Donald Tusk 총리를 비롯해 아담 자가예프스키Adam Zagajewski, 에바 립스카Ewa Lipska, 리샤르트 크리니츠키Ryszard Krynicki 등 동료 문인들과 예술가들, 일반 독자들까지 8천여 명이 모여 애도의 물결을 이루었다. 시인은 가톨릭 제례에 따라 장례를 치르는 폴란드의 일반적인 관습을 따르는 대신 세속장(世俗葬)을 원했다. 시인의 바람대로, 무겁고 엄숙한 분위기 대신 고인을 진심으로 사랑했던 친지들과 독자들이 모여 밝고, 화기애애한 분위기에서 장례식이 진행되었다. 고인의 시에 곡을 붙여 만든 폴란드 대중가요와 평소 고인이 즐겨 듣던 재즈 가수 엘라 피츠제럴드의 노래가 울려 퍼지기도 했다.

미하우 루시네크는 추모사에서 다음과 같이 말했다. 180

"비스와바, 오늘 우리가 이렇게 모여 떠들썩한 자리를 마련한 것에 당신이 화내시지 않길 바랍니다. 당신이 살아서 지금 이 자리를 보고 계시다면 분명 이렇게 말씀하셨겠지요. 아마도 여기 모인 사람들은 우연히 들렀을 거라고. 어딘가 다른 곳에 가던 중에, 예를 들면 중요한 축구 경기를 보러 가던 길에 그저 잠시 들렀을 뿐이라고.

지금 이 자리에는 당신과 가까웠던 친구들, 지인들, 그리고 직접적인 친분이 없던 분들까지 참 많은 사람들이 모였습니다. 당신이 칭찬이나 찬사의 말을 좋아하지 않는다는 걸 다들 잘 알고 있기에 살아 계신 동안 당신에게 직접 감사 인사를 전하지 못한 것을 안타까워하면서 말이죠. 당신이 우리와 함께 해주셨다는 것에 대해, 당신이 시를 통해, 또 평소의 삶을 통해 우리에게 남겨주신 무수히 많은 말들에 대해, 당신의 유머 감각과 따뜻한 반어법에 대해, 그리고 이 세상에 단 하나밖에 없던 당신의 아름다운 미소에 대해 고맙다는 말을 하고 싶어 여기 이렇게 모였습니다. 제 자신을 포함한 이 모든 사람들을 대표해서 당신께 진심 어린 감사의 인사를 전합니다."

쉼보르스카는 평소 사후(死後) 자신의 모습에 대해 두 가지 버전—비관적인 버전과 낙관적인 버전—을 즐겨 상상하곤 했다고 한다. 시인의 가정에 따르면, 비관적인 버전은 죽어서도 여전히 책상 앞에 쭈그리고 앉아 지인들에게 선물하기 위해 신간에 헌사를 적고 있는 모습이고, 낙관적인 버전은 엘라 피츠제럴드의 노래를 라이브로 직접 들으면서 담배를 피우거나 블랙커피를 마시는 모습이었다고 전해진다.

야기엘론스키 대학교 폴란드어문학부 교수이자 쉼보르스카의 절친한 친구였던 테레사 발라스Teresa Walas는 장례식에서 다음과 같은 추모사로 시인의 죽음을 애도했다.

> "비스와바 쉼보르스카는 시인이었지만, 그녀의 삶은 그 자체로 너무나 아름답고 인간적인 한 편의 서사시였다. 심오하면서도 익살스럽고, 어두우면서도 투명하고, 반어적이면서도 따뜻했던 서사시. 그 인간적인 서사시는 이제 우리 곁을 떠났지만, 비스와바 쉼보르스카의 작품들은 여전히 우리 곁에서 살아 숨 쉬고 있다. 이 지구상에서 단 한 명이라도 그녀의 시를 읽는 사람이 존재하는 한, 그녀는 언제까지나 생생하게 살아 있으리라."

쉼보르스카의 장례식에서 브로니스와프 코모로프스키 대통령은 추모사를 통해 그녀가 일상의 소소한 행복을 일깨우며, 인생의 가치를 되돌아보게 만드는 시인이었다는 점을 강조했다.

"쉼보르스카 시인은 우리에게 커다란 선물을 남겨주었다. 자신이 쓴 시를 통해 우리를 둘러싸고 있는, 평범하지만 아름다운 삶의 단면들을, 세상에 깃들어 있는 환희를, 그리고 늘 감탄스럽고, 미소 지을 만한 가치가 있는 일상의 다양한 체험들을 새롭게 발견할 수 있도록 해주었으므로."

동료 시인 자가예프스키 또한 쉼보르스카의 시학에 내포되어 있는 희망과 생명의 미학에 찬사를 보냈다.

"비스와바 쉼보르스카는 휴머니스트였다. 끔찍한 전쟁을 겪었고, 두 번의 전체주의를 경험했지만 그녀는 결코 침묵하지 않았다. 대신 부질없는 수다가 아닌, 지혜로운 사색으로 우리를 이끌어주는 자신만의 독특한 '말하기 방식'을 선택했다. 시인의 언어는 항상 간결했다. 언제나 신중했고, 반어법을 즐겼

다. 시인은 어찌 보면 전쟁 세대에게는 유행과도 같았고, 편리
한 도피처라고도 할 수 있었던 '절망'이나 '좌절'의 감성에 결코 굴복하지 않았다. 그렇기 때문에 쉼보르스카의 작품 속에는 위대한 문학, 위대한 예술 작품 속에서만 발견할 수 있는, 뭐라 이름 짓기 힘든 '위안'의 정서가 녹아들어 있다."

쉼보르스카가 세상을 떠나고 나서 한 달 뒤, 유언장이 공개되었는데, 슬하에 자녀가 없던 시인은 자신의 전 재산과 사후에 발생하게 될 인세 수입으로 '문학재단'을 만들고, '문학상'을 제정해달라는 유언을 남겼다.

'쉼보르스카 문학재단'은 고인이 유년기 및 학창 시절을 보냈으며, 문인으로 데뷔한 도시인 크라쿠프에 근거지를 두고, 교육, 학술, 출판 활동 및 장학 사업을 주관하고 있다. 폴란드 문화유산의 보고(寶庫)라고 할 수 있는 유서 깊은 천년고도(千年古都) 크라쿠프는 시인에게 중요한 영감의 원천이 되었다. 크라쿠프가 자랑하는 600년 전통의 야기엘론스키 대학교에서 시인은 사회학과 폴란드어문학을 공부했고,* 시인으로 데뷔한 것도 크라쿠프에서 발행

* 1945년 야기엘론스키 대학교 사회학과에 입학한 쉼보르스카는 1947년에 전공을 폴란드어문학으로 바꾸지만, 1948년에 학업을 포기하고 생

된 신문 『폴란드일보*Dziennik Polski*』를 통해서였다.* 크라쿠프에 거주하면서 체스와프 미워시, 예지 안제예프스키Jerzy Andrzejewski, 카지미에시 브란디스Kazimierz Brandys, 스타니스와프 디가트Stanisław Dygat, 스테판 키시엘레프스키Stefan Kisielewski 등 폴란드 현대 문단을 대표하는 쟁쟁한 동료 작가들과 이웃으로 만나 두터운 친분을 쌓기도 했다.** 30여 년 동안 편집자로 근무했던 『문학 생활*Życie Literackie*』 역시 크라쿠프에서 발간되었다.

'문학상'의 경우에는 본인의 이름을 따지 말고, 새로운 이름의 상을 제정해달라고 당부했으며, 선정 분야 및 절차, 시상 방식 등 세부 사항은 문학재단에 일임했다. 노벨

계전선에 뛰어들어야만 했다.

* 1996년 10월 4일, 노벨문학상 수상 소식을 접한 바로 다음 날 쉼보르스카는 『폴란드일보』에 다음과 같은 짤막한 헌정의 글을 게재했다. "언젠가, 먼 옛날에 [……] 내가 처음으로 시를 발표했던 『폴란드일보』의 독자들에게 이 상을 헌정합니다."

** 쉼보르스카는 1945년 시인으로 데뷔할 당시 자신의 담당 편집자였던 아담 브워데크Adam Włodek와 사랑에 빠져 3년 뒤인 1948년 결혼한다. 두 사람은 크루프니차Krupnicza 거리 22번지에 위치한 아파트 다락방에서 신혼살림을 시작했는데, 당시 이 아파트에 워낙 유명한 작가들이 많이 살아 폴란드 문인들 사이에서 '문학의 농장'이라 불리기도 했다. 쉼보르스카는 1954년에 브워데크와 이혼한 뒤에도 1963년까지 크루프니차 거리의 다락방에서 살았다.

문학상 메달은 모교인 야기엘론스키 대학교에 기증했고,
그 밖에 시인이 남긴 유품과 육필 원고, 도서 등의 자료는 크라쿠프 시가 관리해주길 희망하면서 스타니스와프 렘 Stanisław Lem, 체스와프 미워시 등 세계적인 작가를 배출한 천년고도 크라쿠프가 '문학의 도시'로 거듭나는 데 조금이나마 기여하고 싶다는 바람을 피력했다.

유고 시집 『충분하다』(2012)—미완성의 열린 결말

쉼보르스카가 우리 곁을 떠난 그해, 2012년 4월 30일 유고 시집 『충분하다』가 출간되었다. 폴란드 언론들은 이 시집의 서평을 게재하면서 '유고 시집'이 아니라 '신간 시집'이라는 표현을 사용했다. 반세기가 넘는 세월 동안 열두 권의 시집을 발표하면서 쉼 없이 독자들과 만나왔던 쉼보르스카 시인이, 이제 정말 마지막 시집을 내고 생을 마감했다는 사실을 인정하고 싶지 않은 폴란드인들의 안타까운 심정이 절절히 느껴진다.

앞서 언급했듯이 '충분하다'라는 제목은 쉼보르스카 스스로 결정한 것이다. 통상 수록시들 가운데 표제작을 선정, 시집의 제목으로 삼았던 관례와는 달리 별도로 '충분하다'라는 문장을 시집의 제목으로 염두에 두고 있었다고 전해진다. 시인으로 살아온 여든아홉 해의 삶에 아무런 여한도 미련도 없다는 고백을 담고 있는, 짧지만 강렬한 문장이 아닐 수 없다.

쉼보르스카는 통상 스무 편 정도의 시를 한데 묶어 정규 시집을 출간하곤 했는데, 숨을 거두기 전까지 시인이 완성한 시는 총 열세 편에 불과했고, 나머지 여섯 편의 시는 시작은 했지만 미완성으로 남겨지고 말았다. 이 여섯 편의 미완성 작품들은 동료 시인이자 편집자, 그리고 무엇보다도 쉼보르스카의 절친한 벗이었던 리샤르트 크리니츠키의 편집 후기와 함께 책의 말미에 별도로 수록되어 있다. 또한 쉼보르스카의 육필 원고를 촬영한 사진도 함께 실려 있어 시인이 삭제 또는 첨삭하거나 수정한 대목들, 혹은 몇 가지 버전을 놓고 고민에 고민을 거듭한 대목들을 그대로 볼 수 있도록 했다. 섬세하고 정교한 시인의 고유한 필체는 물론이고, 시어나 구절을 선택하는 과정에서 치열하게 고민한 적나라한 흔적을 통해 창작 과정의 일부를 엿볼 수 있어 쉼보르스카를 사랑하는 독자들에게는 귀중한 선물이 아닐 수 없다.

쉼보르스카는 죽음을 삶과의 단절로 보지 않고, 생생한 삶의 현장 속에서도 죽음의 의미를 부단히 성찰한 시인이었다. 초기작에서부터 존재의 유한성을 겸허히 받아들였던 시인은 유고 시집에서도 생성과 소멸이라는 단선적이고, 이분법적인 구분을 과감히 거부한 채, 죽음을 삶의 한 과정으로 담담하고, 초연하게 받아들이고 있다.

가까운 이가 죽음을 맞이하는 건 누구에게나 언젠가는 일어나는 일,
존재할 것이냐 사라질 것이냐,
그 가운데 후자를 선택하도록 강요당했을 뿐.

단지 우리 스스로 받아들이기를 힘들어할 뿐이다,
그것이 진부하기 짝이 없는 현실이란 걸,
과정의 일부이고, 자연스러운 귀결이란 걸.

조만간 누구에게나 닥치게 될 낮이나 저녁,
밤 또는 새벽의 일과라는 걸.

_「누구에게나 언젠가는」 부분 (80쪽)

죽음이란 사실 우리 모두에게 가까이 다가와 있고, 누구든지 내일이나 모레쯤 급작스런 사고로 생을 마감할 수도, 혹은 갑자기 돌연사할 수도 있을 정도로 예측 불가능한 섭리임을 쉼보르스카는 일깨워준다. 그런데 주목할 것은 이 시의 초점이 망자(亡者)가 아닌 살아 있는 사람들에게 맞춰져 있다는 점이다. 시인은 사랑하는 사람을 떠나보낸 뒤 살아남은 사람들이 경험하게 되는 상실감을 언급하면서, 하루하루를 삶의 마지막 날처럼 후회 없이 살아야 한다고 역설하고 있다. 그렇기 때문에 이 시는 자신의 사후(死後)에 지인들과 독자들이 맛보게 될 슬픔을 어루만지기 위해 쓴, '위로의 텍스트'로 읽히기도 한다.

하지만 이와는 대조적으로 생의 환희와 아름다움을 적극적으로 조명한 작품들도 눈에 띈다. 인간의 육체가 지닌 무한한 가능성에 경이로움을 느끼는 「손」(82쪽)이나 사랑에 빠진 청춘의 뜨거운 열정을 그린 「공항에서」(76쪽)가 그 대표적인 예다.

결국 유고 시집을 통해 쉼보르스카는 단순히 죽음을 관조하듯 성찰하면서 생사(生死)의 번뇌를 이겨내는 데서 그치지 않고, 죽음의 공포를 생의 의지로 치환하고, 생산적 담론으로 승화시키는 초극의 의지를 보여주었다고 할 수

있다. 삶과 죽음은 서로 밀접하게 연관되어 있으며, 거울
처럼 서로를 투영하고 있기에 삶을 떠나서는 죽음을 논할 수 없기 때문이다.

이 시집에서 발견되는 또 한 가지 특징은 『끝과 시작』(1993) 이후에 쉼보르스카의 작품 속에서 찾아보기 힘들었던 '제2차 세계대전'과 '독일 강점기'와 관련된 테마가 다시 등장했다는 점이다. 「거울」에서 쉼보르스카는 제2차 세계대전 당시 폐허가 된 바르샤바를 다음과 같이 노래하고 있다.

그래, 나는 그 벽을 기억한다.
우리의 몰락한 도시에 세워져 있던 그것은
거의 6층 높이까지 솟아 있었고,
4층에는 거울이 있었다.
[……]

더 이상 그 누구의 얼굴도 비추지 않았고,
머리를 매만지는 그 어떤 손도,
맞은편에 있는 그 어떤 문도,
'장소'라고 부를 수 있는 그 어떤 공간도

투영하지 않았지만.

_「거울」 부분 (83쪽)

쉼보르스카의 시는 개인적이면서 동시에 보편적이다. 『끝과 시작』에 수록된 「참수」(1967)나 「순결」(1967) 등의 전작에서 개인의 내밀한 영역이 보편적인 공감으로 확장되는 순간을 절묘하게 포착해냈던 쉼보르스카는 이 시에서도 '거울'이라는 일상적이고 개인적인 사물로부터 자연스럽게 '전쟁의 참상'이라는 범인류적인 화두를 이끌어내고 있다.

이와 유사한 경향을 보여주는 또 다른 작품으로 「사슬」을 들 수 있다.

무더운 여름날, 개집, 그리고 사슬에 묶인 개 한 마리.
불과 몇 발자국 건너, 물이 가득 담긴 바가지가 놓여 있다.
하지만 사슬이 너무 짧아 도저히 닿질 못한다.
이 그림에 한 가지 항목을 덧붙여보자.
훨씬 더 길지만,
거의 눈에 띄지 않는 우리의 사슬,
덕분에 우리는 자유롭게 서로를 지나칠 수 있다.

_「사슬」 전문 (75쪽)

어느 여름날, 사슬에 묶인 채 무기력하게 누워 있는 개를 보면서 쉼보르스카는 인간을 옭아매고 있는 보이지 않는 억압 체계를 떠올린다. 거대한 조직 사회의 부조리한 시스템에 지배당한 인간은 결국 사슬에 묶인 노예와 다름없기 때문이다. 이처럼 쉼보르스카는 평범하기 짝이 없는 일상적인 현상이 특별하고 보편적인 가치를 획득하는 순간을 독자의 눈앞에 생생하게 펼쳐 보임으로써 평범한 생의 단면에 내재된 그로테스크한 순간, 나아가 실존적 부조리를 보다 선명하게 드러내 보인다.

「얼마 전부터 내가 주시하고 있는 누군가에 대하여」에서는 사회주의 체제 붕괴 후, 한동안 사라졌던 시위대가 다시 등장하기 시작한, 폴란드 사회의 현주소를 조명하고 있다. 뭔가에 반대하거나 혹은 뭔가에 찬성하기 위해 거리를 점령한 사람들, 그리고 그런 시위대의 뒤편에는 도시의 쓰레기처리장에서 일하며, 시위의 흔적을 청소하는 익명의 누군가가 있다.

눈에 띄지 않는다.
화려하지도 않다.

그는 도시의 쓰레기처리장에 고용되었다.
희미한 새벽,
사건이 발생한 현장에서
그는 긁어모으고, 집어 올리고, 트럭에 던져 넣는다.
[……]

닳아빠진 현수막들,
깨진 병 조각들,
불에 그을린 조각상들,
물어뜯긴 뼈다귀들,
묵주들, 휘파람들 그리고 콘돔들을.

_「얼마 전부터 내가 주시하고 있는 누군가에 대하여」 부분 (67쪽)

우리가 미처 인지하지 못했던 사각지대를 향한 시인의 따뜻한 시선은 무대 뒤에서 기다리고 있다가 막이 내려간 뒤에 서둘러 꽃다발을 치우는 '이름 모를 손'에 대해 노래한 「연극에서 받은 감상」(1972)을 연상시킨다.

미완성작인 「곤충들」에서도 시인은 작고 여린 미물이 내뿜는 미세한 신호를 놓치지 않고 감지하면서, 그 신호를 통해 생의 존재 가치를 확인하고, 삶의 숙연함을 깨닫는다.

그들에게 강요된 배역은
스스로 그들의 역할을 연기하는 것

생(生)이 그들 앞에 던져졌으니
뭔가 아주 중요한 일이 주어진 셈

하지만 1분은 영원의 일부이다
_「곤충들」 부분 (135~36쪽)

인간 중심적인 잣대를 벗어던진 채 '자연의 눈'으로 대상을 바라보고자 하는 이러한 시도는 길가에 버려진 죽은 딱정벌레의 묵직한 존재감에 대해 노래한 전작 「위에서 내려다본 장면」(1976)과 일맥상통한다.

여기 길 위에 죽은 딱정벌레 한 마리가 있다.
그 누구도 애도하지 않는 가운데, 태양 아래서 반짝반짝 빛나고 있다.
[……]
아무 일도 일어나지 않은 듯 지극히 태평스러워 보인다.

중요하고 심각한 일은 모조리 우리, 인간들을 위해 예정되어 있다.

삶은 오로지 우리들의 것이며,

언제나 당연한 듯 선행권(先行權)을 요구하는 죽음 또한 오로지 우리들만의 전유물이다.

_「위에서 내려다본 장면」 부분 (『끝과 시작』, 231~32쪽)

「어느 판독기의 고백」에서 시인은 인간의 직관이나 감성을 이해하지 못하는 기계, 혹은 인공지능(AI)의 한계를 꼬집는다. 또한 이 시는 기계적인 방식으로 책을 선정하고 권고하며, 정해진 틀 안에서 획일적인 책읽기를 강요하는 문단의 고질적인 세태에 대한 통렬한 풍자이기도 하다.

나, 제품 번호 3 더하기 4 나누기 7은
방대한 언어학적 지식으로 명성을 떨치는 중.
지금껏 나는 이미 멸종된 인간들이 사용했던
수천 개의 언어를 인식해왔다.

[……]

고백하건대—어떤 단어들은
나를 곤란에 빠뜨리기도 한다.
예를 들어 "감정"이라 명명된 다양한 상태들은
아직도 그 의미를 명확히 설명할 수가 없다.

_「어느 판독기의 고백」 부분 (69~70쪽)

이 작품은 틀에 박힌 알고리즘에 의존해 획일적인 방식으로 텍스트를 해석하려는 평론가들은 물론이고, 이와 유사한 경향을 보이는 각종 언론 매체나 인터넷 서점, 문학 관련 블로그 등을 향한 일종의 준엄한 경고이기도 하다. 그렇기 때문에 「나의 시에게」에서 시인은 자신의 시가 기계적으로 '그냥 읽히기'보다는 인간의 관점에서 '꼼꼼히 읽히고, 논평되고, 기억되는 것'이 더욱 바람직하다고 이야기한다.

가장 좋은 경우는
나의 시야, 네가 꼼꼼히 읽히고,
논평되고, 기억되는 것이란다.

그다음으로 좋은 경우는

그냥 읽히는 것이지.

_「나의 시에게」 부분 (90쪽)

「상호성」에서 쉼보르스카는 일반적인 통념과 관습을 탈피하고, 상호의존적이며 관계론적인 패러다임을 받아들이라고 촉구한다.

목록이 기재된 목록.

시에 관한 시.

배우가 연기하는 배우에 관한 연극.

[……]

단어를 명확히 설명하기 위해 쓰이는 단어.

뇌를 연구하는 데 사용되는 뇌.

[……]

우리를 꿈에서 갑자기 깨어나게 만드는 꿈.

건강의 회복에 필요한 건강.

[……]

가끔은 간절히 바라기도 했다,

증오를 증오하는 감정을.

하지만 결국은

무지(無知)에 대한 무지(無知)

그리고 손을 씻는 데 동원된 손들.

_「상호성」 부분 (88~89쪽)

시인은 '무엇'을 다른 '무엇'과 구별해서 근시안적으로 인식하지 말고, 존재의 비결정성(非結晶性)을 포용하는 화합적이고, 포괄적인 사유를 하라고 제안하고 있다. 그런 점에서 이 시는 『끝과 시작』에 수록된 「하늘」과 긴밀한 연관성을 보여준다.

나는 하늘을 먹고, 하늘을 배출한다.
덫에 갇힌 함정이다.
인질을 가둔 포로다.
포획 당한 포옹이다.
질문에 관한 대답 속에 존재하는 질문이다.

하늘과 땅을 분명하게 구분 짓는 건
이 완전무결한 통일체를 인식하는
적절한 방법이 아니다.

_「하늘」 부분 (『끝과 시작』, 318쪽)

일찍이 『끝과 시작』에서 '시작과 끝'이라는 단선적인 시간의 흐름을 부정하고, 모든 것이 끝난 뒤 찾아오는 새로운 '시작'의 가능성을 노래했듯이, 그리고 2005년 출판된 열한번째 시집 『콜론*Dwukropek*』에서 문장부호 '콜론(:)'으로 마지막 페이지를 장식함으로써 아직 다 끝나지 않은, 잔잔한 여운을 남기며 '열린 결말'을 추구했듯이, 시인이 정말 마지막으로 남긴 유고 시집 또한 모호한 듯하면서도 묵직한 여운과 감동을 우리에게 안겨준다.

유고 시집의 편집을 맡은 크리니츠키의 표현을 빌리자면, 멸종된 네안데르탈인의 세계와 판독기의 세계 사이, 무수히 많은 블랙홀들이 떠도는 우주 공간과 곤충들의 마이크로코스모스 사이, 그 어디쯤에서 미처 완결되지 못한 이 책의 시간과 공간은 지금도 확장되고 있는 중이다.

결론적으로 유고 시집 『충분하다』에는 삶과 죽음을 관조하듯 바라보는 시인의 여유로운 시선이 담겨 있다. 또한 페이소스와 유머, 엄숙함과 익살스러움 사이에서 적절하게 완급을 조절하면서, 독자들로 하여금 '몰입하기'와 '거리두기' 사이를 넘나드는 정교한 퍼즐 게임에 동참하게 만든다. 특히 곳곳에서 맞닥뜨리게 되는 풍자적 · 해학적인

요소들은 고령에 병마와 싸우면서도 시인 스스로가 끝까지
창작의 과정을 진심으로 즐겼으며, 이 시집을 감상하는 독자들을 유희의 세계로 초대하고 있음을 짐작케 한다.

어쨌든 나는 돌아가야만 한다
내 시의 유일한 자양분은 그리움
그리워하려면 멀리 있어야 하므로

_미완성 육필 원고 부분 (147쪽)

실러F. Schiller가 정의했듯이 "예술의 감상이란 본질적으로 고급스러운 놀이(Spiel)"라는 점을 감안한다면, 비록 미완성으로 머물렀지만, 간결하면서도 위트가 넘치는 이 유고 시집이야말로 가장 쉼보르스카다운, 그만의 멋진 작별 인사라고 보아도 무방할 듯하다.

바쁜 일과에 치여 하루하루 숨 가쁘게 달음질치는 우리에게 쉼보르스카는 유고 시집 『충분하다』를 통해 따뜻한 위로의 말을 건넨다. "너무 애쓰지 마요, 너무 서두르지 마요. 이미 당신은 충분합니다."

시인의 손에 이끌려 잠시 숨을 고르고, 주변 풍경에 찬찬히 눈길을 돌려보면, 사소한 일상에 깃든 삶의 소중함에,

그 눈부신 아름다움에 새삼스레 감탄하게 된다. 어쩌면 주어도 목적어도 없는 '충분하다'라는 미완성의 문장은 시인이 자신에게, 그리고 동시대를 살아가는 우리 모두에게 꼭 해주고 싶었던 마지막 한마디였으리라.

1923 7월 2일 쿠르니크Kórnik 근교의 소도시 브닌Bnin에서 지방 영주의 관리인이었던 아버지 빈첸티 쉼보르스키Wincenty Szymborski와 어머니 안나 마리아 로테르문트Anna Maria Rottermund 사이에서 2녀 중 막내로 태어남. 스무 살의 나이 차에도 불구하고, 아버지와 어머니의 관계는 매우 돈독했음. 언니인 나보야 쉼보르스카Nawoja Szymborska와는 다섯 살 터울.

1924 코페르니쿠스의 출생지인 토룬Toruń으로 이주함.

1931 폴란드의 옛 수도인 크라쿠프Kraków에 정착하여 현재까지 거주하고 있음.

1935 크라쿠프에 있는 우르슐라 수녀회 부설 사립 중등학교에 입학.

10대에는 영화 관람과 그림 그리기, 노랫말 쓰기를 즐겼음.

도스토옙스키 소설에 매료되어 14세에 이미 도스토옙스키 전집 독파.

1936 아버지 빈첸티 쉼보르스키 사망. 아버지가 집에 돌아오기 전에는 잠자리에 들지 않을 정도로 아버지와 유난히 각별한 사이였던 쉼보르스카에게 큰 슬픔을 안겨줌.

1945 1월 31일 '폴란드 문인 협회'가 주관하는 '문인의 밤' 행사에서 선배 문인들의 시 낭송과 문학 이야기를 듣고 큰 감명을 받음. 그중에는 1980년 노벨문학상 수상자인 체스와프 미워시Czesław Miłosz도 있었음.

3월 14일 『폴란드일보*Dziennik Polski*』에 「단어를 찾아서」를 발표하며 등단. 훗날 쉼보르스카와 결혼한 아담 브워데크Adam Włodek가 담당 편집자였음. (1996년 10월 4일, 노벨문학상 수상 소식을 접한 바로 다음 날 쉼보르스카는 『폴란드일보』에 짤막한 헌정의 글을 썼음. "언젠가…… 먼 옛날에…… 내가 처음으로 시를 발표했던 『폴란드일보』의 독자들에게 이 상을 헌정합니다.")

1945~48 크라쿠프의 야기엘론스키 대학교Uniwersytet Jagielloński에서 사회학을 공부하다가 폴란드어문학으로 전공을 바꿈. 학업을 마치지는 않았음.

1947~48 격주로 발간된 정부 기관지 『크라쿠프 공화당』의 편집부에서 근무.

아담 브워데크가 쓴 동화책 『장화 신은 야옹이』의 삽화를 그림.

1948 4월 아담 브워데크와 결혼. 문인들 사이에서 '문학의 농장'이라는 별칭으로 불리던 크루프니차 거리 22번지의 아파트 건물 다락방에서 신혼 살림 시작. 당시 이 아파트에 예지 안제예프스키Jerzy Andrzejewski, 카지미에시 브란디스Kazimierz Brandys, 스타니스와프 디가트

Stanisław Dygat, 스테판 키시엘레프스키Stefan Kisielewski, 체스와프 미워시 등 당시 폴란드의 유명한 문인들이 다수 거주하고 있었음. 쉼보르스카는 이들 문인들과 두터운 친분을 쌓게 됨.

1952 첫 시집 『우리가 살아가는 이유』 출간.

1953~81 1968년까지 『문학 생활*Życie Literackie*』의 편집부에서 근무하며 '문학 엽서Poczta literacka'라는 코너를 맡아 익명으로 시에 관한 단상 및 비평을 연재.
1968년부터는 고정 필자가 되어 '쉼보르스카의 권장 도서'란 제목으로 30여 년간 서평과 칼럼을 썼음. 1990년대에는 폴란드 최대의 일간지 『가제타 비보르차*Gazeta Wyborcza*』에 같은 제목으로 서평 연재를 계속함. 이 글들은 후에 네 권의 단행본으로 묶여 출간됨.

1954 두번째 시집 『나에게 던지는 질문』 출간.
'크라쿠프 시(市) 문학상' 수상.
남편 아담 브워데크와 헤어짐. 이후 두 사람은 친구로 지냄. 쉼보르스카는 브워데크와 이혼 후에도 크루프니차 거리 22번지 다락방에서 1963년까지 살았음.

1957 세번째 시집 『예티를 향한 부름』 출간.
폴란드 문화예술부의 지원을 받아 드라마 작가로 유명한 스와보미르 므로제크Sławomir Mrożek를 비롯한 세 명의 동료 문인들과 함께 3년간 프랑스 파리에 체류함.

1960 폴란드 작가 협회의 내표단 가운데 한 명으로 임명되

어 스타니스와프 그로호비아크Stanisław Grochowiak 외 두 명의 동료 문인들과 함께 모스크바, 상트페테르부르크, 그루지아 방문.

어머니 안나 마리아 로테르문트 사망.

1962 네번째 시집 『소금』 출간.

1963 15년간 정들었던 크루프니차의 아파트를 떠나 크라쿠프 시내 중심부의 아파트로 거처를 옮김.

문화예술부로부터 2등 공로상을 받음.

유고슬라비아를 여행함.

1965 파리 방문.

1966 사회주의 집권당인 '폴란드 통일노동자당PZPR'에서 공식적으로 탈당함. 이후 정치와 철저하게 단절된 삶을 살게 됨.

1967 다섯번째 시집 『애물단지』 출간.

율리안 프쥐보시Julian Przyboś 등의 동료 문인들과 함께 소비에트연방 방문.

빈과 런던, 프랑스의 콜리우르Collioure 여행.

후배 여류 시인 할리나 포시비아토프스카Halina Poświatowska 사망. 시인의 명복을 기원하며 헌정시 「자기 절단」 발표.

1968 건강이 악화되고 폐에 문제가 생겨 몇 달간 요양소에서 휴양.

1970 벨기에의 크녹Knokke에서 개최된 '시 비엔날레' 행사에

참석.

1972 여섯번째 시집 『만일의 경우』 출간.

열 살 연상의 시인이자 소설가인 코르넬 필립포비츠 Kornel Filipowicz와 각별한 사이가 되어 애인이자, 친구이자, 비평가로서 그가 사망하는 1990년까지 절친한 관계를 유지함.

1975 정부의 일방적인 개헌에 반대하는 지식인들의 항의 서한에 공동 서명.

1976 일곱번째 시집 『거대한 숫자』 출간.

1981 『문학 생활』 편집부를 그만둠. 코르넬 필립포비츠가 편집장을 맡고, 에바 립스카Ewa Lipska, 예지 크비아토프스키Jerzy Kwiatowski, 타데우시 니체크Tadeusz Nyczek 등의 동료 문인들이 참여한 크라쿠프의 월간 문예지 『피스모*Pismo*』의 공동 발행인을 맡게 됨.

1982 프랑스의 바로크 시대 시인 테오도르 아그리파 도비녜 Théodore Agrippa d'Aubigné의 서사시 『비극 배우들』 번역.

1983 12월 14일 크라쿠프 가톨릭 지식인 클럽이 발행하는 문예지 『소리 내어*NaGłos*』의 창간 기념식에서 「포르노 문제에 관한 발언」 낭송.

1986 여덟번째 시집 『다리 위의 사람들』 출간.

이 시집으로 문예지 『오드라*Odra*』가 수여하는 문학상 수상.

폴란드 정부 또한 쉼보르스카에게 문학 기금을 수여하

려 했으나 거절함.

1988 국제 펜클럽의 정식 회원이 됨. 체스와프 미워시와 함께 1999년에 바르샤바에서 '20세기와의 작별'이라는 주제로 개최된 제17차 국제 펜클럽 회의를 유치하는 데 적극적으로 공헌했음.

1990 2월 28일 코르넬 필립포비츠 사망. 필립포비츠 사망 직후「빈 아파트의 고양이」「풍경과의 작별」 등의 시를 씀.
지그문트 칼렌바흐Zygmunt Kalenbach 문학상 수상.

1991 독일의 괴테 문학상 수상.
프랑크푸르트, 프라하, 벨기에의 젠트 방문.

1992 10월 21일 문예지 『소리 내어』의 주관으로 체스와프 미워시에게 헌정된 '작가의 밤' 행사에서 자신의 시「양파」 낭독.

1993 아홉번째 시집 『끝과 시작』 출간.
런던과 스톡홀름에서 열린 '작가의 밤' 행사에 참석.

1995 포즈난 아담 미츠키에비치 대학Uniwersytet im. Adama Mickiewicz이 주는 명예 박사학위 수여.
빈에서 헤르더 문학상 수상.

1996 6월 크라쿠프 야기엘론스키 대학교에서 개최된 '문학-예술 스터디'에 참가해 학생들과 토론함. 학생들에게 "시인에게 가장 중요한 행위는 '지우는 것'이고, 가장 필요한 가구는 '쓰레기통'이다"라고 말하며 노력하는 글쓰기를 강조함.

10월 노벨문학상 수상.
폴란드 펜클럽 문학상 수상.

1996 노벨문학상 수상 기념 시선집 『모래 알갱이가 있는 풍경』 출간.

2001 자선(自選) 시집 『비스와바 쉼보르스카 자선 시집』 출간.

2002 열번째 시집 『순간』 출간.

2003 그림에도 조예가 깊었던 쉼보르스카는 지인들에게 편지나 엽서를 보낼 때, 잡지나 신문을 오려 콜라주를 만드는 취미가 있었음. 그동안 만든 콜라주를 삽화로 활용하여 성인들을 위한 동화집 『운율 놀이*Rymowanki*』 출간.

2005 열한번째 시집 『콜론』 출간.
폴란드 정부가 주는 '글로리아 아르티스Gloria Artis' 문화 공훈 메달 수상.

2006 1월 25일 『콜론』에 수록된 17편의 시를 크라쿠프 라디오 방송국에서 낭송, 녹음.

2009 열두번째 시집 『여기』 출간.
6월 6일 '제2회 세계 폴란드 문학 번역가 대회'에 참석, 전 세계에서 모인 폴란드 문학 번역가들을 격려함.

2011 폴란드 정부로부터 문화, 예술 분야의 발전에 기여한 공로를 인정받아 최고 품계에 해당하는 '흰 독수리 훈장Order Orła Białego' 수상.

2012 2월 1일 타계.

4월 비스와바 쉼보르스카 재단Fundacja Wisławy Szymborskiej 설립.

4월 20일 유고 시집 『충분하다』 출간.